suhrkamp taschenbuch 1277

Hansjörg Schertenleib, 1957 in Zürich geboren, Ausbildung zum Schriftsetzer. Seit 1981 freier Autor; Film- und Rockkritiker. Lebt seit 1986 in Wien. Schertenleib veröffentlichte neben Gedichten und Hörspielen den Roman *Die Ferienlandschaft*, für den er 1983 den C.F. Meyer-Preis erhielt, und zwei Bände mit Erzählungen. Der letzte erschien 1985 unter dem Titel *Die Prozession der Männer*.

Die Ferienlandschaft liegt in Österreich. Dort, im Dorf Jochenhaus, hat der Erzähler einen Teil seiner Kindheit, seiner Jugend verbracht. Dorthin kehrt er als Erwachsener zurück. Er kennt diese Landschaft: in allen Beleuchtungen, zu allen Jahreszeiten – weiß unter einem schweren Himmel, an schwülheißen Sommerabenden. Er kennt das Dorf. Die Räume des alten Hauses sind ihm vertraut, vertraut wie der Dialekt, in den er bei Gesprächen mit den Freunden aus der Kindheit zurückfällt. Die Ferienlandschaft, sie könnte eine mögliche Heimat sein.

Von der Suche nach Heimat, vom Unbehaustsein handelt dieser Roman. Vergeblich die Versuche, sie in einer Landschaft, in den Bildern der Erinnerung zu finden, sich eine Gegenheimat aus Wörtern zu entwerfen. Aber das Gefühl der Unzugehörigkeit ist ein heilsamer Schmerz, eine Verstörung, die weitergehen, weitersuchen läßt.

Hansjörg Schertenleib
Die Ferienlandschaft

Roman

Suhrkamp

Umschlagbild von Stefan Gritsch (Ausschnitt)

suhrkamp taschenbuch 1277
Erste Auflage 1986

Satz: Otto Gutfreund, Darmstadt
Druck: Nomos Verlagsgesellschaft, Baden-Baden
Printed in Germany
Umschlag nach Entwürfen von
Willy Fleckhaus und Rolf Staudt

1 2 3 4 5 6 - 91 90 89 88 87 86

»Ein Heimatland ist nichts anderes
als ein System von Gewohnheiten.
Das Überraschende, manchmal Überwältigende
einer Reise in ein fremdes Land ist,
daß man gezwungen wird, sie zu ändern,
ob man will oder nicht.«

(Lars Gustafsson)

Prolog

Am besten wäre es, denke ich, die Erinnerungen gar nicht heraufzuholen, sondern alles zu lassen, wie es war und wie ich es in mir herumtrage.

Gleichzeitig aber sollte es möglich sein, alles so zu nehmen, wie es jetzt ist, nach Jahren der Abwesenheit, ohne Vergangenes und Gegenwart zusammenbringen zu wollen.

Ich habe mich entschlossen, mit dem Zug zu fahren.

Früher war das anders, meist reisten wir mit dem Auto, anfangs sogar mit dem Motorrad meines Vaters, einer alten BSA-500 mit Seitenwagen. Eine meiner Lieblingsfotografien ist eine Aufnahme aus dieser Zeit: schwarzweiß, ziemlich unscharf, das steife Papier mit gezacktem Rand. Das Motorrad ist aufgebockt auf einer Straße, die sich im Bildhintergrund in einer hügeligen Landschaft verliert; mein Vater steht neben der Maschine, meine Mutter sitzt im Sattel, lachend, beide Hände an der Lenkstange. Ich sitze im Seitenwagen, der eine Arm hängt über das Blechgehäuse, mit der andern Hand halte ich einen Griff vor der Windschutzscheibe umklammert.

Da niemand von uns auf dieser Fotografie Motorradbekleidung trägt – bloß die schweren, schwarzen Stiefel meines Vaters könnten daran erinnern – wirkt die Aufnahme gestellt, glaubt man kaum, daß das Motorrad tatsächlich uns gehört.

Anfahrt

Im Bus brannte ein blaues, angenehmes Licht.

Von den fünf an der Wagendecke verteilten kugelförmigen Glaskörpern blätterte stellenweise die Farbe; nur an den Haltestellen schaltete der Fahrer das weiße, harte Neonlicht vorne bei der Tür ein.

Neben mir saß ein alter Mann, der sich mit steifem Oberkörper dem Rütteln des Busses widersetzte; ich gab mir da keine Mühe. Immer schon hat mir solches Schaukeln durch Landschaften gefallen.

Auf den Straßen lag Schnee; bremste der Chauffeur, schlingerte das Fahrzeug. Dennoch fühlte ich mich sicher und gut aufgehoben.

Im Bus mit dem schwachen blauen Licht und den beschlagenen Scheiben war leises Gemurmel, und plötzlich hatte ich ihn im Kopf, in der Nase, den eigenartigen Geruch, den ich mit Österreich verbinde: Nach feuchten Lodenmänteln roch es, nach durchnäßten Lederschuhen, nach Gummistiefeln und in Kleidern hockendem Zigarrenrauch; muffig, jedoch nicht unangenehm.

Ich saß da, geschrumpft zu einer riesigen, überaus empfindlichen und streng unterscheidenden Nase...

Rundum sah ich erschrockene Gesichter. Der Chauffeur fuhr tatsächlich schnell; er überholte, schwenkte wieder und wieder über die Schneemade auf dem Mittelstreifen, zog den Bus in die Kurven, haarscharf den Leitplanken entlang. Ein blau ausgeleuchtetes, unverwundbares großes Tier, dem der Schnee nichts anhaben konnte. Sicher würde mich der Bus durch Schnee und Nacht in den Ort meiner Kindheit fahren... Erinnerungen sind etwas, auf das du unbeirrbar und mit absoluter Sicherheit dich zubewegen kannst...

An einer Haltestelle eilten zwei Männer durch den dicht fallenden Schnee und schlüpften in einen hölzernen Unterstand; der eine leuchtete mit einer Taschenlampe und streckte dem andern hohe Gummistiefel hin, die dieser sofort anzog.

Die ganze Landschaft war farblich reduziert und bestand ausschließlich aus bläulichem Weiß, abgesehen von den gelben Lichtrechtecken der um diese Tageszeit schon erleuchteten Haus- und Hoffenster. Diese warmen gelben Flecken in der Finsternis waren die einzigen Anzeichen, daß der Landstrich bewohnt war; ich stellte mir vor, wie ich einen der Ställe beträte, spürte die dumpfe Wärme, die mir entgegenschlüge.

Nichts hatte ich wiedererkannt in dieser Landschaft, die ich früher jedes Jahr durchquert habe, bis der Bus nach Bad Ischl kam. Schlagartig erinnerte ich mich an einzelne Gebäude des Außenbezirks, den wir rasch durchfuhren.

Lückenlos standen nun die Häuser, ich erkannte die Straße wieder, in die der Fahrer einbog. Vor dem Bahnhof lag der Schnee sehr hoch, bloß eine enge Fahrschleife war freigeschaufelt worden.

Erstaunt stellte ich fest, daß ich der letzte Fahrgast war.

In meiner dünnen Jacke fror ich, auch fanden meine Halbschuhe wenig Halt auf der rutschigen Unterlage. Wer rechnet auch mit Schnee, anfangs November? Die Geleise waren verweht, im Blockwärterhäuschen brannte Licht, ein Mann verschwand in der Dunkelheit, folgte dem Schienenstrang mit geschulterter Schaufel.

Die halbstündige Fahrt mit dem Bezirkszug war meine letzte Etappe; auf einem im Warteraum angebrachten Fahrplan sah ich, daß er nicht halten würde im Weiler Roith. Ich mußte also bis ins Städtchen fahren, dann zu Fuß zurück.

In nur einem Wagen des einfahrenden Zuges brannte Licht, die anderen wurden dunkel mitgeführt; die letzte Verbindung jede Nacht.

Durch das kleine freigehauchte Sichtloch war es möglich, die wenigen von der Waggonbeleuchtung erhellten Meter zu erkennen: Dicht standen verschneite Nadelbäume, der nahe Horizont, ein Berg, war Anfang und Ende der sichtbaren Welt. Jede Station, die auftauchte in schwarzer und zugleich weißer Nacht, war eine Überraschung. Mit roten Laternen standen die Bahnhofsvorsteher vor schwach beleuchteten Gebäuden, mitten im unaufhörlichen Schneefall. Ich preßte mein Gesicht gegen die eiskalte Scheibe; rückte ich ab vom Glas, sah ich meinen Kopf gespiegelt, in unheimlich harten Kontrasten, die Augenpartie ein böser dunkler Fleck.

Noch immer stand entlang der Strecke eine schwarze Wand von Tannenwald; jetzt hätte ich mir freies Feld gewünscht, offene, topfebene und entfernt sich verlierende Felder, was den Gedanken erlaubt hätte, in die Weite zu gehen, nicht auf ein muffiges Zugabteil beschränkt zu bleiben. Nun fiel mir das Schweigen auf; eine Stille, die nur das sachte Rattern des Zuges störte. Zunehmend lauter wurde dieses Rattern, hämmerte mir Bilder von früher in den Kopf, unerbittlich, in stetem Rhythmus. Jedes Jahr waren wir in den Geburtsort meiner Mutter gefahren, zu allen Jahreszeiten, hatten Ferien in ihrem Geburtshaus verbracht, und jetzt vermischten sich die Bilder, reihten sich aneinander zu einem Film, der ablief ohne mein Zutun.

Unschuldig fragte ich den Schaffner, ob dieser letzte Zug nicht halte in Roith. Nein, antwortete der Schaffner, um seine Schuhe bildeten sich kleine Wasserlachen auf dem schwarzen Wagenboden. Nein, eigentlich nicht... aber das kann ich veranlassen. Er verschwand durch die Schiebetür, kam nach wenigen Augenblicken zurück, nickte.

Mit der Schulter stemmte ich die Tür auf, dann sprang ich aus dem Wagen, versank bis zu den Kniekehlen im weichen Tiefschnee. Meine Tasche hielt ich krampfhaft hoch, mit beiden Händen, vom gewölbten Waggondach rann Schmelzwasser auf meine Schultern.

Langsam fuhr der Zug an, auf meiner Höhe schloß der Schaffner die Tür des hintersten Wagens; das rote Schlußlicht verschwand. Schneestaub wirbelte über den Geleisen. Geräuschlos hob sich die Bahnschranke; niemand sonst passierte den Übergang.

Mein Land ist das nicht, dachte ich. War ich tatsächlich

schon einmal hier, irgendeinmal, oder ist mir dies alles fremd, weil ich der Fremde bin?

Weiß stand mein kalter Atem in der Luft.

Ich entschloß mich, auf der Hauptstraße zu gehen. Kein Mensch war zu sehen, selten brannte in einem Haus Licht, es hätte Mitternacht sein können.

Kurz vor dem Haus meiner Verwandten, dem Haus, in dem meine Mutter aufgewachsen ist, kam mir ein Radfahrer entgegen. Mit Sicherheit wußte ich, das ist der Onkel, dabei war er unmöglich zu erkennen. Der Mann trug einen weiten, bis über die Knie reichenden Wetterfleck, Hut. Vorsichtig radelte er an mir vorbei, die schmalen Reifen verursachten ein leises Sirren, gelb schimmerte die Straßenbeleuchtung, gab aber bloß schwach Licht ab. Dann hielt der Radfahrer, ein gutes Stück entfernt, stieg behutsam ab, zog den grauschwarz gesprenkelten Filzhut und rief unsicher meinen Namen.

Onkel Johann lachte befreit, als ich ihn begrüßte und schob das Fahrrad zwischen uns; so, daß ich sein scharfgeschnittenes Gesicht im Profil sah.

Während des Händedrucks fiel sein Hut in den Naßschnee, gleichzeitig bückten wir uns, ich war um einen kurzen Moment schneller; sorgfältig wischte ich die Flocken von der Krempe, drückte den nassen Filz in die richtige Form. Onkel Johann bestand darauf, daß ich meine Tasche auf den Gepäckträger klemmte; das Rad am Sattel schiebend, ging ich neben ihm her auf das Jochenhaus zu.

Ich glaube, die Zukunft besteht allein darin, das, was man vor Jahren begonnen hat, fortzusetzen, dachte ich, da öffnete der Onkel das Tor des Schuppens, schob sein Rad in den dunklen Raum.

Bevor ich das Tor zuwarf, sah ich einen Lichtschein vom Haus durch das einzige Schuppenfenster auf ein massives Werkzeug an der Holzwand fallen.

Nachts anzukommen, ist nicht einfach, dazu an einem Ort, an dem man lange nicht gewesen ist.

Das Jochenhaus ist ein zweigeschossiges, weißverputztes Gebäude mit einer kleinen Terrasse auf der Südseite. Zum Grundstück gehört ein wenig Land, ein Garten, ein mit dunklen Platten ausgelegter Platz vor dem Haus, auf dem mein Cousin – er wohnt mit seiner Familie im Parterre – sein Auto abstellt.

Hinter den roten Vorhängen im ersten Stock brennt Licht; beruhigt stelle ich fest, daß das Treppenhaus nur geringfügig verändert worden ist. Mein Onkel hängt den Wetterfleck über das Geländer, schwarz lappt er ins Erdgeschoß hinunter.

Hinter Johann trete ich in den Gang, in die warme Küche, aus der mir die Tante entgegenkommt. Widerwillig stelle ich die Tasche ab, gleich hinter der Küchentür; bin ich verlegen, habe ich gern etwas in den Händen.

Obwohl ich hungrig bin, wehre ich lachend ab – das ist ja viel zu viel! – als die Tante einen großen Teller Aufschnitt auf den Tisch stellt. Erst als ich sehe, daß sie auch dem Onkel eine Platte angerichtet hat, greife ich zu.

Kauend erzähle ich von der langen und umständlichen Anreise, dem unerwarteten Schnee. Die Grüße der Eltern und der Schwester vergesse ich auszurichten, wie immer.

Eine Katze hatten sie früher nicht; vor dem Kochherd stehen ein Napf und eine kleine, halbvolle Schale Milch, auf der Eckbank liegt eine wollene Decke, Katzenhaare.

Rede ich Dialekt, falle ich nach wenigen Sätzen ins Hochdeutsche, ein ständiges Hin und Her. Aber weiß ich, ob sie mein Schweizerdeutsch noch verstehen?

Mit Onkel Johann trinke ich Bier, wir stoßen mit den Flaschen an, Johann schließt die Augen beim ersten langen Schluck. Wir reden über – bei diesem Wetter – mögliche Ausflüge, Bergwanderungen.

Bevor sich die Tante schlafen legt, zeigt sie mir mein Zimmer, das Fenster geht auf den Vorplatz, schon früher habe ich in diesem Raum übernachtet.

Eigenartigerweise ist es auch in diesem Haus, in diesem Zimmer der Geruch, der mich an früher erinnert. Damals wusch die Tante in einem kleinen Anbau mit Betonfundament, in einem mit Holz beheizten Waschkessel. Mühelos gelingt es, mir den Geruch dieser dampfverhangenen Kammer ins Gedächtnis zu rufen...

Daß es schneit, sieht man nur in den Lichtkegeln der Lampen an der Schnellstraße, die das Haus seit einigen Jahren von der mit Nadelbäumen bewachsenen Hügelkuppe trennt.

Auch wenn man die Jalousien und die Vorhänge geschlossen hat, zünden gelegentlich Autoscheinwerfer in den Raum.

Es ist, als könnte man die über die Tapeten wandernden Lichtflecke hören, so vollständig ist die Stille rundum.

Der Schnee, der bestimmt bereits kniehoch liegt, dämpft und schluckt jedes Geräusch, selbst das beschleunigender Automotoren.

Schnee gehört anscheinend dazu; auch in meinen Kopfbildern ist es mehrheitlich weiß.

Während meines letzten Aufenthaltes, vor acht Jahren, war es ebenfalls Winter.

Ich erinnere mich an die Abschiedsszene in Zürich, die Eltern hatten uns zum Bahnhof begleitet, geräuschlos war die Straßenbahn in zugeschneiten Schienen durch die Stadt geglitten. Vater war mit uns in den Zug gestiegen, hatte die Skier verkeilt, von Gepäcknetz zu Gepäcknetz; dann nahm er mich beiseite und trug mir auf, gut auf meine drei Jahre jüngere Schwester aufzupassen; die ersten Ferien ohne Eltern für sie.

Während der Zugreise nutzte ich die mir ungewohnte Aufsichtsfunktion aus; ich ließ mir belegte Brote herrichten, den Tee in den Plastikbecher eingießen.

Reisen war mir unangenehm, damals: Ich wollte ankommen. Die Landschaft, die wir durchfuhren, interessierte mich kaum.

In Innsbruck hatte ich mich weit aus dem Fenster gelehnt; an einer langen Plakatwand fiel mir eine Deodorantwerbung auf: Eine hochformatige Farbfotografie zeigte eine junge, hübsche und ausgesucht elegant gekleidete Frau, die einen hellen Lederkoffer in ein Gepäcknetz stemmt. Unter ihrem rechten Arm hatte sich ein gut sichtbarer, dunkler Schweißfleck gebildet. Böse rote Moralpfeile zeigten unter ihre Achsel. Über der Aufnahme prangte groß und fett der Schriftzug »Dafür gibt es keine Entschuldigung«.

Unauffällig war ich unter meine Achseln gefahren, hatte beruhigt festgestellt, daß keine Spur von Schweißgeruch wahrnehmbar war.

»Die Schweizer sind wieder da!«

Diesen Satz hatten sich früher die Nachbarskinder zugerufen; auf dem Vorplatz vorm Haus wurden wir nicht nur von unseren Verwandten erwartet. Oft stand unser österreichischer Freund Rudi an der Hauptstraße, paßte unser Auto ab. Die letzten Meter auf der Schotterstraße zum Haus lief er neben uns her, begrüßte uns durch die heruntergekurbelten Scheiben, sprang auf das schmale Trittbrett des Volkswagens: meine Schwester und ich hielten ihn aus dem Wageninnern fest.

Von den Spielen der anderen Kinder waren wir nie ausgeschlossen worden; selbst beim Skilauf hatten wir dazugehört. Schon kurz nach der Ankunft verschwanden wir jeweils zwischen den Schuppen, schwangen uns auf Fahrräder.

Noch wohnt Rudi in seinem Elternhaus, keine fünfzig Meter entfernt vom Jochenhaus.

Acht Jahre seit meinem letzten Aufenthalt in diesem Haus. Manchmal schiebt man Dinge vor sich her, ohne zu wissen weshalb, dann wiederum entschließt man sich zu Handlungen ohne ersichtlichen Grund.

Diese Fahrt nach Österreich, mein Aufenthalt im Geburtshaus meiner Mutter, hat sich keineswegs aufgedrängt.

Während einer meiner seltenen Elternbesuche saß ich, zufällig eher, alleine im Wohnzimmer und hob, als das

Telefon klingelte, reflexartig den Hörer ab. Weit entfernt hörte ich eine weibliche Stimme, die knapp das knisternde Rauschen übertönte und in der ich erst nach einigen Sätzen die Stimme von Tante Bertha erkannte. Ich hatte die Tante seit Jahren nicht mehr gesehen, sie auch nie mehr gesprochen. Bald machte sie mir Vorwürfe, wollte wissen, warum ich mich nicht habe sehen lassen, all die Jahre.

Im Verlauf dieses hektischen Telefongespräches – beinahe jeden Satz mußten wir wiederholen, langsam und überdeutlich nachbuchstabieren – versprach ich, den längst fälligen Besuch endlich nachzuholen und einige Ferientage bei ihnen zu verbringen.

Immer wieder lasse ich mich ein auf Versprechen, mache Zusagen ohne Lust, nur um den Frieden zu bewahren.

Wenige Tage vor der Abreise war mir dann die Ferienfahrt dennoch gelegen gekommen, die gemeinsame Wohnung schien täglich enger zu werden, zu schrumpfen, und von befristeter Flucht verspricht man sich ja immer wieder Lösung, zumindest Linderung.

Gegen Morgen höre ich klägliches Schreien, ein Kratzen an der Wohnungstüre. Da mein Zimmer unmittelbar daneben liegt – ich muß einzig den kurzen Gang durchqueren –, stehe ich auf und öffne.

Die Katze, ein hellgetigertes, etwa halbjähriges Tier, faßt sogleich Zutrauen, läßt sich in die Küche tragen. Ganz leicht schneit es, sehe ich durch die halbgeschlossenen Jalousien.

Zimmer wie Bett sind mir fremd, bewegungslos liege ich auf dem Rücken, eng die Arme an den Körper gepreßt. Auch daß ich auf dem Stuhl meine Kleider erkennen und am Boden den Schatten der Tasche ausmachen kann, gibt mir kein vertrautes Gefühl.

Von der Straße dringt kein Geräusch herein, mit jedem Atemzug scheinen die halbdunklen Möbel näherzurücken. Ohne große Überlegungen bin ich hierher gereist, jetzt bedrängen mich die Erinnerungen.

Ich selbst ziehe mich hinein in einen Zustand, den ich längst hinter mich gebracht zu haben glaubte.

Verunsichert schiebe ich alle Gedanken von mir, versuche, noch einmal einzuschlafen.

Nicht nur hier hat sich einiges verändert, sage ich mir, auch du bist ein anderer geworden.

Unter der Garderobe und dem schmalen Spiegel im Korridor stehen vier Paar Hausschuhe. Ich schlüpfe in grün-braun gestreifte Filzpantoffeln mit dicken Gummisohlen; die eigenen habe ich einzupacken vergessen.

Auf dem Küchentisch steht ein Gedeck, im Spültrog sehe ich Geschirr, ich werde also alleine frühstücken. Auf dem abwaschbaren Tischtuch ein Glas Powidl, Tante Bertha hat sich demnach an meine Lieblingsmarmelade erinnert.

Später sehe ich mir im Wohnzimmer die Pokale an, die Onkel Johann bei Arbeiterskirennen der Saline gewonnen hat; die Trophäen nehmen die ganze Breite der Cheminéeablage ein. Zwischen zwei Bechern lehnt eine Polaroidaufnahme, die meinen Onkel im Skidreß zeigt, seine schwarze Zipfelmütze hat er über die Spitzen seiner Ski gestülpt. Selbst durch den Stoff der Windbluse erkennt man die kräftigen Oberarme, die ich als Kind bewundert habe.

Das Wohnzimmer sieht aus, wie ich es in Erinnerung habe; dieselben Gemälde und Fotografien hängen an den Wänden, dieselben großformatigen Bildbände, Bücher über das Salzkammergut, die Salzgewinnung sowie ein Band über Schnitzkunst, stehen in der breiten Kredenz.

Das Sofa und die Sessel sind neu, und in der Zimmerecke steht jetzt ein Farbfernseher.

Das Sofa damals ließ sich auseinanderklappen, mit einigen Handgriffen in ein ziemlich bequemes Doppelbett verwandeln. Während eines Urlaubes schliefen wir hier, meine Schwester und ich, denn im Jochenhaus wurde umgebaut, man brach Wände heraus, mauerte neue auf.

Da wir auch in der Schweiz im selben Zimmer schliefen, war dies nichts Ungewöhnliches; wir hätten uns nicht getraut, alleine in einem Raum zu schlafen. War das Licht gelöscht in unserem Zimmer in Zürich, kam die Angst, gegen die wir anredeten, von Bett zu Bett, mit leisen, angstvollen Stimmen. Nützte das nichts, rief die Schwester nach der Mutter; ich lag steif in meinem Bett an die Wand gedrückt und hielt den Atem an... Im Wohnzimmer des Jochenhauses zu schlafen hatte den Vorteil, daß wir bis Sendeschluß vor dem Fernseher sitzenbleiben konnten, wir sahen Filme, mit deren Beschreibung wir, zurück in der Schweiz, die Schulkameraden verblüfften: »Dr. Mabuse« etwa, oder den Kriegsfilm »Die Brücke«. Morgens sahen wir durch die Glastür zur Küche schemenhaft Tante und Eltern den Tisch decken. Stumm lagen wir nebeneinander im Geburtshaus unserer Mutter, in dem es nach Malzkaffee und Sauerteigbrot duftete.

Zuerst stand immer die Schwester auf; während sie sich ankleidete, drehte ich mich ab, musterte die Tapete und stieg erst aus dem Bett, wenn die Schwester bereits das Wohnzimmer verlassen hatte...

Fünf Wanderungen im Nahbereich sind im Verzeichnis der gewerblichen Beherbergungsbetriebe der Marktgemeinde vorgeschlagen. Der eine Spaziergang führt, flußaufwärts, der Soleleitung entlang. Wahrscheinlich wäre es sinnvoll, bei soviel Schnee nicht in die Höhe zu steigen, in der Ebene zu bleiben.

Onkel Johann schlägt den kurzen Spaziergang zur KZ-Gedenkstätte vor, anerbietet sich mitzukommen, schnürt, noch während er den Vorschlag macht, seine schweren Wanderschuhe.

Nahe dem Vorplatz, der von Jahr zu Jahr kleiner geworden ist, ragt der Rohbau eines zweistöckigen Giebeldachhauses auf. Nur der Birnbaum steht noch an derselben Stelle, unmittelbar vor dem aufgeschütteten Erdwall nun. Seltsamerweise halten sich gerade unter diesem Baum dauernd Vögel auf, Amseln, die um den Stamm hüpfen, den künstlichen Hügel hinauf, mit wilden Flügelschlägen.

Die Schnellstraße – alle nennen sie die Umfahrung – ist

beinah unüberwindliche Grenze zum Wald. Dabei bräuchte man bloß die Unterführung zu benützen; dann allerdings versperrt ein mannshoher Maschenzaun den Zugang zum Wald.

Früher war das anders, in wenigen Augenblicken war man im Wald, man mußte bloß die Wiese überqueren, einen verlotterten Zaun überklettern.

Der Weg verläuft dem Waldrand entlang, führt erst einige hundert Meter weiter vorn in einer scharfen Kurve steil hinauf zur Finkerleiten, in der die Gedenkstätte steht.

Man hat den Gehweg nach dem Bau der Schnellstraße verlegt. Das macht es einfacher, die Erinnerungen zu verdrängen. Im Wald, zwischen den Stämmen, steht nämlich groß und mächtig die Vergangenheit, ein schwarzes Unding, das sich aufplustert. Johann will mir zuerst die in den Fels getriebenen Stollen zeigen, die sich tief unter dem Berg treffen und eine gewaltige Halle bilden, in der die KZ-Häftlinge Öl raffinierten.

Deutlich erkennbar führen Pferdespuren bergwärts, auch grobe Muster von Autoreifen.

An die Bretterwand, die den einen Stollen abriegelt, sind, zinnoberrot, die Worte »Porno« und »Sex« gepinselt, mit ungelenken Buchstaben, im stockfinsteren Gang tropft es, das Echo ist vielfach.

In einer weiten Schleife umgehen wir die Siedlung, die bald das gesamte Hochplateau überziehen wird; an den wenigen noch unbebauten Stellen entstehen neue Häuser, weitläufige Villen, die dicht die Gedenkstätte umschließen. Der Onkel gibt sich, als kenne er den Weg genau.

- Ein Stück weiter vorn, versichert er, gelangt man durch ein Wäldchen zum KZ-Mahnmal und zum Friedhof... Aber da ist nur eine steile, abschüssige Böschung, Dickicht, überdies liegt der Schnee ausgesprochen hoch. Um in das Wäldchen zu gelangen, müssen wir schließlich einen jähen, kurzen Abhang hinunter.

Im Wald bemerke ich, daß Onkel Johann hinkt, er versucht

es zu verbergen, indem er rasch vorangeht, gelegentlich stehenbleibt mit dem Vorwand, mir etwas zeigen zu wollen; rot schimmert der Waldboden durch die Schneedecke, die hier ganz dünn ist. Hintereinander gehen wir der Friedhofsmauer entlang, unmittelbar neben dem heutigen Eingang lehnen die massiven, hölzernen Torflügel, die das damalige KZ-Gelände, das sich über die gesamte Ebene erstreckte, abschlossen.

Der Schnee bedeckt die schmalen Kieswege, den Rasen der Massengräber: eine weiße, unberührte Fläche.

Wir kehren um.

- Wenn der Schnee schmilzt, meint der Onkel, kann man die Inschriften auf der riesigen Grabplatte lesen... Mitten in der Finkerleiten-Siedlung steht der steinerne Torbogen des ehemaligen KZs. Die halb aus dem Stein gebrochenen Angeln sind rostzerfressen, der Schriftzug wurde unkenntlich gemacht. Im Sommer, sagt der Onkel, wachse dichtestes Brennnesselkraut um dieses Tor; undurchdringlich, nicht auszurotten und zäh.

Auf dem Heimweg habe ich das Gefühl, gegen den abfallenden Weg zu gehen, nicht mit dem Gefälle; dafür aber weg vom mittlerweile dunklen Berg, der als schwarze Wand den Horizont begrenzt.

Auch auf dem KZ-Areal spielten wir; meine Schwester, Rudi und ich.

Wir wußten nicht, was das ist, ein KZ. Meine Schwester – sie wird damals fünf Jahre alt gewesen sein – kletterte auf das gußeiserne, oben leicht geschwungen verlaufende Tor, klammerte sich, rittlings, an die sonnengewärmten Gitterstäbe. Dann ließ sie sich von uns hin und her pendeln; kraftvoll schwangen wir auf und zu. Schneller, schrie sie, stärker, und jauchzte, schüttelte wild ihre langen Haare.

Daß sie eigentlich Angst hatte, sah ich genau; deshalb auch schrie sie so begeistert, gab sie sich ausgelassen. Weiß traten die Knöchel vor an ihren Händen, derart krampfhaft hielt sie sich fest…

Die labyrinthartig angelegten Kieswege eigneten sich für Fahrradrennen, es gab eine kleine und eine große Runde, über die breiten und flachen Treppenstufen legten wir jeweils ein Brett, über das wir rasant hinwegfuhren.

Manchmal schlichen wir, verborgen hinter den dichten Hecken, den Gruppen von Trauernden nach, die mit gesenkten Köpfen durch das Gelände gingen, mit gedämpften Stimmen redeten, vor der großen Grabplatte standen und gemeinsam beteten.

Blieben sie stehen, kauerten wir uns nieder, bereit, sofort aufzuspringen, wegzulaufen. Einer zählte flüsternd bis zehn, und dann, dann schrien wir: schrill, langanhaltend und so laut wir konnten. Einmal erzählten wir das bei Tisch, während des Nachtessens.

Der Onkel stand sofort auf und verließ mit unbewegtem Gesicht die Küche.

Sein Essen ließ er stehen.

Erst als er die Tür hinter sich geschlossen hatte, begann Vater zu schimpfen, dann erklärte er uns, was das war: ein Konzentrationslager. Auf der Treppe hörte ich die Schritte des Onkels; später sah ich, daß in seinem Schuppen Licht brannte, ich schlich mich aus dem Haus, aber die Schuppentür war von innen verschlossen.

Tage danach zündete ich in der Gedenkstätte des KZs eine der langen weißen Kerzen an. Ungeschickt versuchte ich, sie auf den Altar zu stellen; fortwährend kippte sie um, aber ich gab nicht auf, bis sie stand. Verschämt steckte ich einen Schilling in den Schlitz der metallenen Kasse. Ganz genau erinnere ich mich an das Geräusch der auf dem Kassenboden aufschlagenden Münze; wieder und wieder höre ich den harten, scheppernden Ton, höre das Geräusch als überlaute Anklage.

Mit Onkel Johann konnte ich noch Tage danach nicht unbefangen sprechen, errötete bei den Gedanken an unsere *Spiele* im KZ.

Es muß fünf Jahre später gewesen sein: Bei der Kirche waren wir von der Hauptstraße in einen mit Kopfsteinen gepflasterten Weg eingebogen, der sofort steil anstieg. Unmittelbar nach den letzten Stallungen hatten die Pflastersteine aufgehört, und der Weg war als enger, gewundener Pfad im Wald verschwunden.

Keine drei Schritt Vorsprung gab ich dem Onkel, der voranging, mit langsamen, weitausholenden, berggewohnten Schritten.

- Weiter oben, sagte er über die Schulter, weiter oben kenn' ich einen kürzeren und interessanteren Pfad mitten durch die Schneise!

Seit Tagen hatte es geregnet; beinahe aus Trotz hatten wir uns am Morgen entschlossen, dennoch die Wanderung zu unternehmen; die Eltern waren mit der Schwester ins Hallenbad gefahren. Wie bei den meisten Wanderungen mit dem Onkel ging es vor allem darum, die auf Wegtafeln oder in Wanderführern angegebenen Zeiten zu unterbieten. Jede Wanderung und Bergtour ein Beweis für die eigene Kraft, Ausdauer und Schnelligkeit...

Der jenseitige Hang war wolkenverhangen, die Bäume diesseits boten wenig Schutz gegen den dicht fallenden Regen; der Onkel bog vom Wanderweg ab, der sich längst in eine Rinne verwandelt hatte, in der handhoch der Schlamm stand. In weiten Kehren stiegen wir eine Schneise empor bis in die Schulter des Sonnsteins, von dort führte der Weg über Steinblöcke zum Gipfel; mit langen Sätzen sprangen wir von Felsplatte zu Felsplatte, während des Springens drückte der Onkel seinen Hut fest auf den Kopf.

Beim Abstieg passierte es dann: Noch im oberen Drittel rutschte ich plötzlich aus im nassen Gras, fiel vornüber aufs Gesicht, überschlug mich, kollerte schließlich, seitwärts verdreht, den steilen Abhang hinunter.

Um mich drehte sich alles, der Himmel, grau und bedeckt, die nasse Bergwiese, seitab Bäume, Stämme, und neben mir rannte der Onkel, der mich aufzuhalten versuchte. Irgendwie kam ich unerwartet auf die Beine, mitten in diesem hilflosen Sturz, knickte zuerst ein, fing mich auf und hetzte endlich mit großen Sprüngen durch den untersten Teil der Schneise. Im Wald gelang mir ein abrupter Halt, aber auf den glitschigen Blättern rutschte ich gleich wieder aus, lag im Dreck, den rechten Arm unter den Oberkörper gedreht, und schon stand der Onkel neben mir, half mir auf. Dann lachten wir, lachten und lachten, es regnete, zwischen den Bäumen stand Bodennebel, laut und deutlich tönte das Echo unseres Gelächters durch die Stämme...

Am Fenster meines Schlafzimmers stehend, sehe ich direkt gegen den Sonnstein, dessen Gipfel auch heute von Regenwolken verdeckt ist, diese Wanderung im Kopf, die zwölf Jahre zurückliegen mag.

Schnell drehe ich mich ab, lege mich bäuchlings auf das Bett; nur jetzt keine fremde Zimmerdecke anstarren, keine Risse sehen, keine feinen, schwarzen Sprünge in weißem Verputz, die kreuz und quer über Wände laufen. Lieber wühle ich mich in eine Bettdecke, erinnere mich von mir weg, in kaum ausgeleuchtete Bilder, mit spärlichem Dekor ausgestattete Räume, stelle mir meine Kulissen zusammen.

Trotzdem bezweifle ich, daß derartigen Erinnerungen zu trauen ist: Was schön war, ist verdächtig geworden. In den Erinnerungen läßt sich aus dem Leben etwas machen, das den Vorstellungen entspricht; zwar ist demnach alles möglich, aber will man sich etwas vormachen andauernd. Wenn man weiß, woher man kommt, weiß man dann, wer man ist...

Fast ohne Übergang wird es Nacht; oder bin ich eingenickt? Kein Stern steht am Himmel, lautlos gleiten Fahrzeuge auf der Schnellstraße vorüber.

In der Nacht wird die Landschaft zu einem einzigen, weiträumigen, wenn nicht unendlichen Gebiet. Ein Loch, das den Blick freigibt aus der Welt hinaus.

Nur ist es dort draußen genauso schwarz...

Unter dem Küchentisch drängt die Katze gegen meine Beine, springt auf die Eckbank, zwängt sich zwischen meinen Rücken und das mit gestreiftem Stoff bezogene Polster. Verstohlen beobachte ich die ältere Schwester meiner Mutter beim Essen; in der Mitte der Tischplatte steht auf einer fein geflochtenen Bastunterlage der dampfende Suppentopf, gelb leuchten die Schnittflächen der Brotscheiben im Licht der tiefhängenden Lampe. Die Wohnzimmertür steht offen, hell flackert der Fernseher, bei jedem Bildschnitt. Unwirsch hat zuvor Onkel Johann die zackige Volksmusik im Radio abgestellt; jetzt lehnt er sich weit vom Tisch, den bauchigen Teller in der linken Hand balancierend.

Tante Bertha hat sich über all die Jahre kaum verändert; wie vor acht, neun oder vierzehn Jahren sitze ich ihr gegenüber, sehe sie den Löffel in die Suppe tauchen, die Lippen schürzen. Eine gemütliche, untersetzte, etwas rundliche Frau, die, auch wenn sie aufbraust, gutmütig bleibt, zwar öfters die Stimme erhebt, dabei jedoch lächelt, abschwächende Gebärden macht.

Eine Frau, die mir immer gleich alt erschien, die unmerklich altert, oder halte ich derart krampfhaft an ihrem früheren Aussehen fest, daß ich nicht die feinen Gesichtsfalten, die grauen Haare sehe?

- Hat dich der Onkel wieder durch die Landschaft geführt! Warts im Konzentrationslager?

Manchmal redet sie in bissigem Unterton mit Onkel Johann; dann kommandiert sie ihn herum, um ihn gleich darauf nachdenklich anzusehen, mit versteckter Zärtlichkeit, verhohlener Wärme.

Beschwichtigend entgegne ich, daß wir nur im Wald spazieren waren, nehme den Onkel in Schutz...

- Da wird er wieder Geschichten erzählt haben...

Johann stellt seinen Teller in den Spültrog, hebt zu einer Rechtfertigung an, setzt sich statt dessen ins Wohnzimmer, die Fernbedienung des Apparates in der Rechten, reagiert erneut mit sprachlosem Rückzug; eine Haltung, die ich nur zu gut kenne an mir selbst. Ist es die Situation, der peinliche Moment, die mir den Onkel kleiner erscheinen lassen, oder war er nicht schon früher ein eher schmächtiger Mann, den ich nur in meiner Bewunderung größer sah und souveräner.

Situationen wie diese verunsichern mich; fieberhaft suche ich nach dem Satz, der kittet, der Geschichte, die Löcher füllt, da verwickelt mich Tante Bertha in ein Gespräch über die Schweiz. Leicht verärgert gebe ich Auskunft, erzähle von den Eltern, der jüngeren Schwester, meiner Arbeit, lenke, boshaft und geschickt, unser Gespräch auf die Unruhen in Zürich. Jetzt will ich die Distanz vergrößern, will Kerben schlagen, verletzen.

Klappernd stellt die Tante das Geschirr zusammen, läßt laut Wasser ins Aluminiumbecken rauschen.

Für einen Moment setze ich mich zu Onkel Johann ins Wohnzimmer, frage ihn nach dem Fernsehprogramm, versuche, die Situation zu überspielen.

Dann stehe ich auf und verlasse die Wohnung...

Als ich die Tür ins Schloß ziehe, höre ich lautes Lachen und eine Stimme, die ich gleich erkenne.

Mit übertrieben österreichischer Betonung rufe ich Rudi; er steht am Fuß der Treppe, die im unteren Viertel einen engen Bogen beschreibt; ich komme von oben, die rechte Hand schon ausgestreckt.

Hastig geht er mir einige Schritte entgegen, die Stufen hinauf; er trägt eine großformatige Zeichenmappe bei sich.

Während des Händedrucks ist es für Sekunden wie früher: eine Szene, die für Augenblicke festfriert, zu einem Standbild erstarrt. Ich stehe eine Stufe höher, dabei bin ich ohnehin einen Kopf größer als Rudi; mir ist das unangenehm, ich ziehe Rudi von der Treppe, öffne die schwere Haustür.

Als Kinder hatten wir einmal gemeinsam beim Umbau des Jochenhauses mitgeholfen; im Treppenhaus bildeten wir eine Reihe, gaben die Backsteine weiter. Auch damals hatte Rudi unterhalb von mir gestanden auf der Treppe, hatte sich bei jeder Handreichung strecken müssen, bis wir, auf mein Verlangen, die Plätze getauscht hatten.

Als wir aus dem Haus in die kalte Nacht treten, zerfällt die Gemeinsamkeit: Rudi redet von seinem Auto.

Am Himmel kein Stern, von der Dachrinne tropft Schmelzwasser.

Selten wollte Rudi etwas über die Schweiz erfahren; mein Heimatland interessierte ihn nicht, immer waren wir ja in Österreich zusammen, da wußte er Bescheid, da gehörte er dazu, war ich bloß Gast. Nie besuchte er uns; wozu, fragte er, mir gefällt es in Österreich besser.

In der Schweiz wurde ich beneidet um die Verwandtschaft, um die Ferien in Österreich; wie ist es dort, wurde ich gefragt, anders als bei uns, erzähl. Schön, sagte ich, berichtete von Autofahrten über Land, von Bergtouren mit dem Onkel, den unzähligen Seen, sagte: und einen Freund hab' ich dort, der sich freut, wenn ich komme.

Von Anfang an gab es für mich neben der Schweiz ein anderes Land; bereits als Kind konnte ich vergleichen. Neben der Heimat von Vater gab es eine der Mutter; eine Möglichkeit, die ich mir offenhalten wollte, wie ich mir einredete...

Rudi sieht älter aus, gesetzter, irgendwie ernst; bereits lichtet sich sein Kopfhaar zu einer Glatze.

In der Zeichenmappe befinden sich Entwürfe, Skizzen für Kappen, die für den Glöcklerlauf in der Dreikönigsnacht hergestellt werden. Onkel Johann zeichnet die aufwendigen, detailreichen Bilder auf schwarzen Halbkarton; zusammen mit meinem Cousin schneiden die beiden sie aus, hinterlegen sie mit farbigem Seidenpapier, welches Rudi bogenweise einkauft.

Er wollte eben zu meinem Onkel, die Skizzen besprechen.

Das Bild einer winterlichen Landschaft, in der es unablässig weiterschneit, stundenlang, nächtelang. Über die endlos sich ausbreitenden mattweiß spiegelnden Flächen der Felder rukken unzählige Kerzen hinter farbigem Papier. Ich stehe im

Wohnzimmer neben meiner Schwester, nahe am Fenster, das fortwährend von unserem Atem beschlägt.

Der einzige Glöcklerlauf, den ich miterlebte oder eben nicht miterlebte: Ich durfte ja nicht mittun. Das erste Mal, daß ich derart ausgeschlossen war, nicht dazugehörte; vermutet hab' ich das längst, sagte ich verbittert zu meiner Schwester.

Auf dem schneeverwehten Platz vor Rudis Elternhaus hatten sie sich versammelt; zehn, zwölf Jungen in meinem Alter. Einer nach dem andern trat vor den Anzünder, ließ sich die Kerzen im Innern der mächtigen, farbig und reich verzierten Kappe anstecken.

Geheimnisvoll und ein wenig unheimlich fand ich die Gruppe; alle trugen sie schneeweiße, schlottrige Overalls, hatten mehrere schwere Kuhglocken um den Leib geschnallt. Als endlich alle Kerzen brannten, formierte sich die Glöcklerpasse und setzte sich, angeführt vom Vorläufer, in Bewegung.

Mit langsamen, vorsichtigen Schritten nahmen sie den engen Pfad, schwenkten nach wenigen Metern ab, stapften über unberührtes Feld.

Eigenartig würdevoll schwankten die riesigen, fünfzackigen Kappen, dazu dröhnten wuchtig die Glocken, zuckte der Widerschein der Kerzen über den Schnee.

Beeindruckt standen wir im dunklen Wohnzimmer; langsam verschwand der Zug aus unserem Blickfeld, hinaus in die Nacht, von Haus zu Haus. In Gedanken schritt ich mit, stapfte durch tiefen Schnee, das unglaubliche Gewicht der Kappe auf den Schultern, ich taumelte, aber ich war dabei, gehörte dazu, hatte endlich einen Brauch, an dem ich teilhaben konnte, teilhaben wollte...

Lange stand ich am Fenster; am nächsten Tag ging ich Rudi aus dem Weg...

Die Frau meines Cousins öffnet die Tür der Parterrewohnung im Jochenhaus.

Freundlich begrüßen wir uns – nie haben wir uns etwas zu sagen gehabt –, ich folge ihr durch die Küche ins Wohnzimmer; mein Cousin Peter liegt auf einem breiten Sofa, blättert in einer Illustrierten.

Ich lasse mich in einen weichen Ledersessel gleiten, denke, da komm' ich nie mehr hoch.

Um das Schweigen zu brechen, beginne ich zu erzählen, rede von meiner Arbeit, meiner Zugfahrt. Peter arbeitet in der neugebauten Fabrik der Saline, hat dadurch einen kürzeren Arbeitsweg...

Seine Frau stellt uns Bier auf die massive Glasplatte des Rauchtisches; Peter trinkt mit langen ruhigen Schlucken. Der Kamin der stillgelegten Saline sei vor einigen Wochen gesprengt worden; zuerst habe man in der vorderen, dem Gebäudedach abgewandten Seite einen Fallschlitz in die Ziegel geschlagen, damit keine Steine auf Dächer und Gebäude fallen konnten.

- Dann hat man hinten und auf der Seite gesprengt.

Der Kamin, der sechzig Meter hoch gewesen sei, habe sich zunächst nur ganz leicht, schätzungsweise um zehn Grad, geneigt, dann sei er in drei Teile zusammengeknickt und eingestürzt.

- In fünf, sechs Sekunden war alles vorbei, an die tausend Schaulustige sind dagewesen, weit den Fluß hinauf haben sie gestanden. Nach und nach sollen auch die anderen Gebäude der aufgelassenen Saline abgerissen werden.

Ich rapple mich hoch, stelle die Bierflasche auf einen Stapel Zeitschriften, mitten auf die Abbildung eines knallgelb leuchtenden Kornfeldes.

- Rudi ist beim Onkel mit den Skizzen für die Glöcklerkappen. Du arbeitest doch auch mit.

Seine Flasche ist leer; schon steht er neben meinem Sessel.

- Also, gehen wir hinauf.

Im Kinderzimmer sitzen seine zwei Töchter, über Schulhefte gebeugt, an einem kleinen rotlackierten Tisch. Durch das hinter ihnen liegende Fenster sehe ich hinaus in dichtes Schneetreiben; vor dem Jochenhaus pfeift jemand eine Melodie, in Gedanken setze ich ein, pfeife die zweite Stimme...

Im kalten Treppenhaus werde ich um Jahre zurückversetzt. Hineinlaufen in alte Geschichten; ich hetze die Stufen hinauf und hinunter; barfuß, in weichen Turnschuhen, ungelenk, in schweren Skischuhen.

Durch das schmale Fenster zwischen Erdgeschoß und erster Etage sehe ich auf einen Vorplatz, der sich von Mal zu Mal verändert, kleiner wird. Jedesmal, wenn ich die Treppenstufen nehme, habe ich ein anderes Alter, die Zeiten sind verfügbar, mit jedem Schritt.

Ist dem Gedächtnis zu trauen.

Meist begannen wir mit den Hügeln unserer Landschaften. Der Onkel zog sie rundum, in der Höhe gleichbleibend; sanfte Mittellandhügel eben. Diese Hügelzüge besetzten wir mit dunkelgrünen, hochstehenden Wiesen. Auch malten wir dichte, nicht zu große Laubwälder, einige lange, fast schwarze Ackerstreifen, davor landwirtschaftliches Gerät wie Pflug oder Heuwender, außerdem einige Meter Unterholz, hüfthohes Gestrüpp. In das Gelände zwischen den Erhebungen setzten wir Getreidefelder, Bäche oder schmale Flüsse, die wir in sanften Bogen durch die Ebene zogen. Den Rest des Papiers füllten wir mit kleinen Matten, zwei, drei Wegen, einer Straße vielleicht, mit wenigen kleinen Scheunen und Stallungen.

Später ließen wir es dunkel werden; groß war die Erfahrung des Onkels im Umgang mit Wasserfarben. Seltsam wirkten die feinen Pinsel in seiner groben, abgearbeiteten Hand, die, kaum setzte sie zum ersten Strich an, nicht im geringsten mehr zitterte. Pinselstrich um Pinselstrich nahm die Dämmerung zu, versanken unsere Landschaften im Dunkel, als sögen sich die weichfasrigen Papierbogen voller nachtschwarzer Farbe.

Selten ließen wir ein Auto mit eingeschalteten Scheinwerfern durch die Ebene fahren, oder einen Radfahrer.

Das waren dann meist meine Ideen, dem Onkel hätten unsere Landschaften auch menschenleer genügt.

Mir schien das damals unheimlich.

Onkel Johann führte den Pinsel, ich lieferte die Ideen, beschrieb die zu malenden Landschaften, weiträumige Landstriche, dunkle Felswände, die jegliche Sicht verstellten.

Nachher wusch ich, mit viel Wasser, die Pinsel aus, auf dem Tisch trocknete unterdessen unser Aquarell.

Einige Landschaften besitze ich noch heute; sie wirken zart und ein wenig wirklichkeitsfremd, trotz satter Farben...

Auf dem Küchentisch liegen Skizzen, daneben erste Versuche auf schwarzem Karton für die Glöcklerkappen: Weiße, sicher geführte Farbstiftstriche deuten einen Almabtrieb an. Auf einem weiteren Karton arbeitet der Onkel an den Umrissen eines Adlers, der mit gespreizten Fängen durch leeren Raum gleitet.

Nie fiel mir auf, daß der Onkel älter wurde; nur seine Neigung zu sportlichen Kapriolen ließ nach. Sprang er einen Sommer noch mit zweifachem, geschraubtem Überschlag vom Dreimeterturm, zeigte er im darauffolgenden Sommer noch einen einfachen Salto, und zwei Jahre später vielleicht einen Kopfsprung vom Einmeterbrett...

Auf einer Farbfotografie stehen wir nebeneinander, beide tragen wir dreiviertellange Manchesterkniebundhosen, klobige, mit roten Senkeln geschnürte Bergstiefel, Wollsocken. Am Bildrand lehnt ein in sich zusammenfallender, leerer Rucksack an einem kantigen Stein.

Etwas verwundert schaut der eher kleingewachsene Onkel in die Kamera oder vielmehr über die Kamera, den Fotografierenden hinweg, als betrachte er die Wolken am Himmel. Die muskulösen Beine deuten einen Schritt an, er wäre bereit, sofort aus dem Bild zu marschieren, mit kraftvollen, ausgewogenen Schritten, jede erdenkliche Abkürzung benützend.

Auf Bergwanderungen war er unermüdlich; meist führte er, fragte immer wieder mal über die Schulter, ob das angeschlagene Tempo zu hoch sei, zog trotzdem in den steilen Partien davon, den Kopf erhoben; während des Gehens die Landschaft betrachtend, nahm er unwegsame Geröllhalden genauso sicher wie sanft abfallende Wiesenhänge. Während ich angestrengt auf den vor mir liegenden Weg starrte, mich in den Berg hineinfraß, erklärte er, ohne den Atem zu verlieren, die Gegend.

Ski fuhr ich selten mit ihm; ich erinnere mich an einen sonnigen Wintertag, eine überaus bucklige und schroff abfallende Piste, mit hartem Schnee überzogene Liftbügel, an Würstchen mit Senf in einer engen Berghütte, in der wir an einem langen Holztisch saßen, weil die wenigen Sitzplätze draußen an der Sonne, entlang der verwitterten Hüttenwand, besetzt waren, und ich erinnere mich an den wilden Fahrstil des Onkels, den ich nachzuahmen bemüht war.

Nachmittags war der Schnee dann sulzig gewesen; einmal ließ ich mich absichtlich aus der Fahrrinne am Skilift fallen: Auf dem Rücken lag ich im Schnee, sah, wie der Onkel lachte, heftig mit den Stöcken fuchtelte, gleichwohl sich den Steilhang hinaufschleppen ließ, am Himmel standen kleine Kumuluswolken, und zugleich fiel mir der Vater ein. Durch die offenstehende Schlafzimmertür hatte ich am Morgen beobachtet, wie er versucht hatte, in die enge, weinrote Skihose zu schlüpfen. Mit der einen Hand hielt er sich an der Bettstatt, dazu hüpfte er unbeholfen auf einem Bein, zerrte an den elastischen Hosenbeinen.

Jetzt fuhren er und Mutter an einem andern Hang Ski; auf einer Piste, die mir zu einfach schien. Nein, hatte ich verächtlich gemeint, auf diesem *Idiotenhügel* fahre ich nicht!

Noch immer lag ich auf dem Rücken im Schnee, ohne daß mir kühl wurde...

Der Zaun, der das Konzentrationslager umschloß, zerschnitt wenige Meter neben dem Jochenhaus die Landschaft, lief nahe dem Waldrand entlang; ein hoher Stacheldrahtverhau, um den ein elektrischer Draht gespannt war.

Mutter war sechzehn Jahre alt damals, auf Fotografien blickt ein junges Mädchen am Fotografen vorbei, scheu, die Hände verlegen auf dem Rücken verbergend.

Reden müßte man über etwas wie ein Konzentrationslager, aber kann man das.

Mutter wich aus jedesmal, wenn ich sie fragte, sie sagte, damals habe sie andere Maßstäbe gehabt, sie habe anders gesehen, anders gehört, gedacht. Man sei gezwungen gewesen, anders zu denken, sonst hätte man den Verstand verloren...

Sie erinnere sich an keine Einzelheiten, sagte Mutter, höchstens an verschwommen auftauchende Bilder. Selten sei einem Häftling die Flucht gelungen; halbnackt seien die ausgemergelten Männer an ihrem Haus vorbeigerannt, seien ungelenk in die Kartoffelfelder getaucht, hätten sich zwischen den Furchen zu Boden geworfen, die Kartoffeln mit bloßen Händen ausgegraben und roh heruntergewürgt. Vom Fenster hätten sie die bleichen, abgemagerten Körper auf die Erde gepreßt in den Äckern liegen gesehen, dann querfeldein hetzen, ohne Kraft...

Darauf habe man jeweils das Rattern der Maschinengewehre gehört, sagte Mutter, die Schreie, gebrüllte Befehle...

Jahre nach dem Krieg sei ein Deutscher von Haus zu Haus gegangen, erinnert sich Onkel Johann, und habe seinen Lebensretter gesucht: Ein Bruder meiner Mutter habe dem damaligen KZ-Häftling einen ganzen Laib Brot über den Stacheldrahtzaun geworfen, habe ihm damit das Leben gerettet; habe nämlich ein Häftling die Flucht versucht, sei daraufhin das Essen im Lager für eine Woche auf Wasser und ein bißchen Suppe rationiert worden. Der Bruder meiner Mutter habe sich, erzählt der Onkel, der Schuppenwand entlang geschlichen, sei einige Schritte auf den Zaun zugerannt, habe das Brot ins Lagergelände geschleudert und sei sofort wieder zwischen den Schuppen verschwunden.

Der Deutsche sei in ihrer Küche gestanden, erinnert sich Onkel Johann, und habe seine Geschichte vorgebracht, dabei seien ihm die Tränen gekommen; neben ihm habe seine Frau gestanden und mit niedergeschlagenen Augen zugehört. Als der Mann erfahren habe, daß Tante Bertha die Schwester seines Lebensretters sei, habe er ihr lange die Hand geschüttelt.

Dann habe er ihnen eine Flasche guten, französischen Wein aufgedrängt, sie hätten das Geschenk ja nicht annehmen wollen...

Im Konzentrationslager in der Finkerleiten sollen über 20000 Menschen inhaftiert gewesen sein, über 8000 fanden den Tod.

Jeden Satz muß ich erfragen; Onkel Johann war damals gar nicht in Österreich:

- 1938, achtzehn war ich da, mußte ich in den Arbeitsdienst einrücken, erzählt er, ein Jahr war ich in Augsburg, wo wir einen riesigen Sumpf entwässerten. Arbeiten und Exerzieren, also vormilitärische Erziehung.

Sorgfältig legt er die Zeichnungen für die Glöcklerkappen beiseite, spitzt schon wieder den Farbstift, wischt die dünnen Holzkringel in den Aschenbecher; fortwährend beobachte ich den Onkel bei solchen Ablenkungstätigkeiten, eigentlichen Abwehrbewegungen.

Am 10. Januar 1940 habe er dann einrücken müssen, in Landsberg am Lech, Fliegerabwehr; bloß ein paar Monate sei er damals zurück gewesen vom Arbeitsdienst in Deutschland. In Viehwaggons seien sie verschoben worden, bei einer Saukälte...

Redet Johann vom Krieg, steht Tante Bertha meist neben ihm, mustert ihn von oben bis unten, hält für einige Momente inne mit ihrer Arbeit; ständig bewegt sie sich ja in der Küche, hantiert am Herd, öffnet Schranktüren, wischt über die Anrichte...

Der helle Kies der Wege, die, symmetrisch angelegt, das Areal aufteilen, wird hell und heller in meinem Kopf. Bald werden die Steinchen gleißen wie Schnee. Auch weitet sich das Wegnetz, wächst mit jedem Herzschlag; das KZ-Areal dehnt sich aus, die Hecken, die das Ganze begrenzen, wachsen mit, wuchern über die Siedlung, die Hochebene, ein Geschwür, das sich ausbreitet, rasend schnell und lautlos...

Unendlich lang, die schmalen Wege, und weit entfernt treffen sie sich, kreuzen, gehen auseinander, beschreiben weite Bogen, enge Kurven: Längst ist die Symmetrie aufgehoben. Aus dem ehemals durchdacht aufgebauten Park wird ein Labyrinth, ein Wegknäuel, das stetig weiterwuchert in meinem Kopf, erbarmungslos anderes verdrängt. Eine Wegschlinge, die langsam sich zusammenzieht, den Atem und alle Gedanken abschnürt, abwürgt.

Sich erinnern ist ja nichts anderes, als Gehen durch endlose Irrgärten. Jede Erinnerung eine Mauer, jedes Bild ein weiterer Gang im ohnehin schon weitläufigen Labyrinth.

Und plötzlich sitze ich auf dem Motorrad meines Vaters, bin kein Kind mehr wie damals, vermag die Fußbremse zu erreichen, kann die Kupplung bedienen, die Gänge einlegen, und langsam fahre ich auf einem dieser schmalen, bekiesten Wege, schwenke um Kurven, beschleunige, biege ab, und der helle Kies spritzt ins Gras links und rechts...

Die BSA-500 des Vaters stand in einem kleinen Holzschuppen aufgebockt; zur Arbeit fuhr Vater mit dem Fahrrad. Samstags machten wir Ausflüge, ich saß im Seitenwagen mit der Mutter. Zuvor durfte ich Vater helfen, die Maschine startbereit zu machen: Mit einem weichen Lappen wurde sie abgewischt, auf Hochglanz poliert, Vater kontrollierte sorgfältig den Ölstand, alle Kabel, sämtliche Leitungen. Dann schob er das Motorrad vom Ständer, startete mit energischem Kick den Motor.

Einige technische Details wußte ich: Die BSA hatte Leichtmetallköpfe, Leichtmetallzylinder, doppelte zahnradgetriebene Nockenwelle und Magnetzündung, einen großen Amal-GP-Vergaser. Auch meine Freunde kannten diese Einzelheiten; auswendig konnten wir sie herunterleiern, ohne Bescheid zu wissen.

Manchmal reisten wir mit dem Motorrad nach Österreich; Vater, Mutter und ich. Um vier Uhr morgens starteten wir.

Langsam fuhr Vater durch die Quartiere Richtung Autostraße, kühl strich mir der Fahrtwind ins Gesicht...

Wie kommt man aus der Finsternis.

Wie schwarz und fremd einem Räume werden können. Die Wände rücken bedrohlich nah, nehmen die Atemluft.

Ein Wesen, das sich dauernd kurzschließt, bist du, sage ich mir, daß sich kurzschließt, implodiert, wieder kurzschließt, wieder implodiert. Fortwährend und ohne daran zu Grunde zu gehen...

Ausgesperrt die Geräusche, das Licht. Draußen hört man unverständliche Stimmen, unter der Tür steht schmal ein Streifen Licht.

In den Schlaf fallen, um zu entkommen...

Gegenheimat. Erster Entwurf

Das Zimmer wäre zur Gänze weiß. Die Wände, die Decke, die Tür, Möbel, Fensterrahmen, auch der langfasrige Teppich.

Selbst das Licht ist weiß. Weiß, aber keineswegs hart; nein, schmeichelhaft fällt es weich und schräg ins Zimmer.

Trittst du in diesen Raum, in diese helle Kammer, schließt du unverzüglich die Tür.

Oder aber in das Zimmer hinein erwachen: Du schlägst die Augen auf und liegst in einem weißen, schmalen Bett.

Erwachen, hinein in die Unschuld.

Erwachen, hinein in einen unbelasteten Neubeginn.

Stunde um Stunde gehst du später das Zimmer ab, entwirfst Routen, ziehst Spuren in den langhaarigen Teppich, bekommst Freude an dem Raum, gibst auch schon mal Töne von dir.

Da kannst du dich umtun: Zimmerwände müssen keine Grenzen sein. Sie können Freiheit ordnen, strukturieren.

Nun willst du Farbe bringen in dieses Weiß. Da ein Poster, dort eine Landkarte an die Wand. Grell lackierst du Möbel. Aufs Fensterbrett kommen Pflanzen, auch Kakteen.

Irgendwo muß man beginnen, warum nicht mit den Farben.

Aufs Bett eine kobaltblaue, gesteppte Decke, passend dazu die Vorhänge und der Läufer, der sich schräg durchs Zimmer zieht, ohne Falten zu werfen.

Zwar ist Weiß schön, aber du meinst, irgendwo muß man anfangen, in irgendeine Richtung müssen Schritte getan werden; wenn man sich selbst den Weg weist...

Mit den Möbeln verstellst du frühere Routen, gibst so dem Raum ein anderes Gesicht.

Freundlich fällt noch immer Licht durchs Fenster. Hell glänzt das gebohnerte Holz des Simses. Langsam wächst die Lust, aus dem Fenster zu sehen.

Wenig unterhalb der Türmitte wäre die Klinke.

Fensterflügel ließen sich aufstoßen.
Draußen hoch Kastanienbäume.
Nur den Erdboden willst du noch nicht sehen.

Jochenhaus

Früher, ganz früher, damals schliefen wir in einem der Zimmer im Erdgeschoß, vermuteten wir Männer ums Jochenhaus, meine Schwester und ich.

Im Winter glaubten wir schwarze, schattenhafte Riesen zu sehen; unablässig huschten sie vor den Fenstern vorbei, mit leichten, hüpfenden Sprüngen seltsamerweise, trotz der schweren Schuhe. Kein einziges Mal sind wir aufgestanden, haben einen der Fensterflügel aufgestoßen, um nachzusehen.

Die Vermutungen, so gefährlich und beängstigend sie waren, gefielen uns. Tief krochen wir unter die Decken, versteckten uns in der Tuchent, flüsterten uns mögliche Namen der Riesen zu.

Räume gibt es, zu denen gehört die Angst wie Fenster und Tür...

Eben erwacht, hatte ich, erstaunt über die unzähligen feinen Linien und Risse, meine linke Handfläche und den Handrükken betrachtet.

Ich hatte auf der Seite gelegen, und nur meine Hand war in den Lichtstreifen geraten. Ungläubig hatte ich sie hin und her gedreht und die feinen, im Licht blond scheinenden Härchen angesehen.

Wann, dachte ich, habe ich eigentlich das erste Mal bewußt meine linke Hand zur Kenntnis genommen. Nimmt man überhaupt seinen Körper wahr, wenn nicht irgendwo ein Schmerz ist, ein rasender Schmerz, als hocke einer knapp unter der Haut und schreie nach Beachtung.

Schmerz als mögliche Form der Wahrnehmung.

Manchmal, in den weit zurückliegenden Ferien, erzählte Mutter von früher. Wir saßen in der Küche auf der Eckbank, meine Schwester und ich, draußen regnete es, über den Wiesen stand Nebel, und wir fragten, gaben nicht Ruhe, als bis Mutter, etwas unwirsch zuerst, zu erzählen begann...

Das Jochenhaus sei ein einfacher Bau mit massiven Mauern gewesen; ein Haus, das man bloß im Erdgeschoß habe bewohnen können, auf dem Dachboden habe man Heu und Emd gelagert. Die Wohnung habe aus einer großen Küche, einem Vorraum sowie drei Schlafkammern bestanden. Zwei Zimmer hätten sie nicht benutzen dürfen, sie gehörten einer Schwester des Vaters, die in einem anderen Dorf verheiratet war, testamentarisch jedoch bis an ihr Lebensende Wohnrecht im Jochenhaus besaß. Die anderen Geschwister habe der Vater ausbezahlt.

Die Toilette habe auf dem Hof hinter dem Haus gestanden: ein Holzhäuschen mit Steinfundament. Im Winter habe eiskalt die Luft durch die Bretterritzen gezogen, der Wind Schneestaub ins Innere geblasen.

Vom Jochenhaus habe ein schmaler Weg zur Hauptstraße geführt, einer unbefestigten Landstraße, auf der gelegentlich ein Auto vorüberfuhr. Zwischen Jochenhaus und Finkerleitenwald habe sich eine weite, nur selten gemähte Wiese erstreckt.

Wie ihre sieben Geschwister wurde auch meine Mutter im Jochenhaus geboren.

Man müßte in ein Haus hineingeboren werden.

Sehen, wie Möbel und Räume kleiner werden, an Größe verlieren von Jahr zu Jahr, weil man wächst.

Aus dem Fenster der Toilette sieht man, über die kleine Terrasse hinweg, die Schnellstraße als dicken, schwarzen Strich; dahinter erkennt man Wald, der sich den Hang hinauf erstreckt.

Fahren Autos, hört man das Sirren der Reifen und die Motorengeräusche selbst bei geschlossenen Fenstern.

An die Bretterwände des Aborthäuschens hätten sie kurze Geschichten oder Gedichte aus dem Bauernkalender geklebt, sagt Mutter. Nach einigen Wochen habe man die Geschichten ausgetauscht, die neuen Ausschnitte auf Augenhöhe mit Reißnägeln auf die Bretter gezweckt.

Großvater habe das nicht gern gesehen: Lesen sei etwas für Stubenhocker!

Irgendwann seien die aufgeklebten Geschichten und Gedichte verschwunden. Lange noch habe man die Umrisse der ausgeschnittenen Kalenderseiten auf dem nachgedunkelten Holz sehen können; heiß sei im Sommer die Sonne durch das enge Fensterchen gefallen, habe das billige Papier gebleicht.

Geduldig lappt die Katze Milch aus der Schüssel, sieht sich dabei vorsichtig um, bei jedem Geräusch.

Onkel Johann hat mit dem Frühstück auf mich gewartet, obwohl er, wie er betont, schon lange auf ist. Aufgeräumt wärmt er Kaffee, schneidet Brot, neben seinem Teller liegt die noch gefaltete »Kronen Zeitung«.

- Wandern können wir bei dem Wetter nicht, sagt er und zeigt bedauernd aus dem Fenster.

Durch den breitmaschigen Vorhang sehe ich dichtes Schneetreiben. Kalt wird es sein: auf den Doppelfenstern haben sich Eisblumen gebildet; zarte, weitverzweigte Phantasieformen überziehen den unteren Teil der Scheiben.

Onkel wurde stiller von Jahr zu Jahr; seltener wurden die unglaublichen, stundenlangen Geschichten, die ich als Kind so liebte: wilde Indianerabenteuer, Geschichten um einsame Farmer, Eisbärenjäger, Geschichten aus der Zeit nach dem Krieg, von damals, als er auf »der Walz« war, auf Wanderschaft, bedingt durch die Arbeitslosigkeit.

Gerne erzählte er von früher; mit uns Kindern saß er hinter dem Haus auf einer rot gestrichenen Gartenbank, die wir der Sonne nachrückten, den wachsenden Schatten davon. Mühelos breitete er endlose Sandwüsten vor uns aus, daß die Luft nur so flimmerte, verwandelte die Wiesen ums Jochenhaus in klirrend kalte Schneelandschaft, mitten im Sommer.

Der Wahrheitsgehalt seiner Erzählungen begann mich erst später zu interessieren. Vielleicht waren meine mißtrauischen

Fragen schuld daran, daß seine Geschichten kürzer wurden und nüchterner. Bald spielten sie in der nächsten Umgebung, handelten von gewöhnlichen Briefträgern, Waldarbeitern oder Tischlern.

Dem Keifen der Tante entzog er sich schweigend: Leise verschwand er in seinem Schuppen, wo er schnitzte, zeichnete, Knöpfe aus Geweihen schnitt.

Manchmal saß ich bei ihm, aus dem Lichtkegel gerückt, im dämmrigen Verschlag und sah zu. Gelegentlich durfte ich mithelfen, ein Werkstück festhalten. Geschickt hantierte der Onkel mit kleinen scharfen Messern und spitzen Sticheln, führte sicher das feine Sägeblatt, arbeitete komplette Jagdszenen in Geweihknöpfe.

Auch Vater stand manchmal im Schuppen neben dem mit gesenktem Kopf arbeitenden Onkel und beugte sich über die Werkbank. Dann erklärte ich jeden Arbeitsgang, jeden Handgriff, zeigte Werkstücke, als hätte ich selbst sie gefertigt. Vater behandelte ich als Fremden in diesem Schuppen, als Eindringling; mich sah ich als Gehilfen des Künstlers. Der Lehrling, der bereitwillig Auskunft erteilt, heimlich aber jede Frage belächelt und als Störung empfindet. Vater war ausgeschlossen, nicht bloß hier; während der Ferien tat ich mich mit dem Onkel zusammen. Diese Angst, versagt zu haben als Sohn damals; versagt, weil ich das Sohn-Sein verweigerte im Jochenhaus...

Gemeinsam traten wir nach getaner Arbeit aus dem kleinen, nach Sägespänen, Kohle und Motorenöl riechenden Raum in kühle Nächte, gingen dicht nebeneinander die paar Schritte zum Haus.

Während des Frühstücks blättert Onkel Johann in der Zeitung, überfliegt einige Artikel, legt schließlich das Fernsehprogramm beiseite.

Tante Bertha, erfahre ich, ist beim Friseur, sie hat uns das Mittagessen gerichtet.

- Eigentlich sollte ich nach Ischl aufs Grundbuchamt, sagt

Johann unsicher.
- Wenn du mitwillst. Ich fahre mit dem Zug. Und dann könnten wir irgendwo einen Glühwein trinken.
- Warum nicht.

Manchmal hat es sein Gutes, sich in Pläne und Tageseinteilungen anderer ziehen zu lassen: Möglicherweise entgeht man dem Grübeln; zudem sieht man in der Einsamkeit die Welt nicht richtiger, nur anders.

Wieder setzt sich die Katze neben mich auf die Eckbank, wo sie sich gründlich putzt; eine feine Tropfspur Milch läuft quer durch die Küche.
- Also, wollen wir.

Rasch stellt Onkel Johann das Geschirr zusammen, tupft mit angefeuchtetem Zeigefinger Brosamen auf.
- Einen Wetterfleck leih' ich dir. Heut wirds den ganzen Tag schneien.

Zum Beweis zieht er die Gardine zurück: Dicht fallen Flocken, versunken liegt die Landschaft in trübem Licht.

Ein Wohnzimmer habe es damals im Jochenhaus nicht gegeben, erzählte die Mutter. Das Leben habe sich vorwiegend in der Küche abgespielt. Ich müsse mir einen relativ großen, annähernd quadratischen Raum vorstellen, der durch drei kleine Fenster wenig Licht erhalten habe. In der Zimmermitte habe sich der Kamin befunden, eine rohverputzte Säule. Unter dem einen Fenster habe der Tisch gestanden, an den Wänden Küchengerät und ein mächtiges hölzernes Kreuz gehangen. Im Sommer sei es angenehm kühl gewesen in der Küche, Fliegen seien gegen die kleinen Scheiben gesurrt, daß es geklopft habe am Glas.

Großvater sei Holzfäller gewesen und habe wochentags nie zu Hause gegessen; Großmutter habe ihm den Rucksack mit Eßwaren gefüllt, am Montagmorgen.

Da er ein ungeduldiger, jähzorniger Mann gewesen sei, erzählte die Mutter, sei sie als Kind oft geradezu froh gewesen um seine Abwesenheit, sonntags sei er manchmal kaum zum

Aushalten gewesen, habe genörgelt und geschimpft. Wenn er seinen Mittagsschlaf hielt, hätten sie draußen spielen müssen, ganz gleich, ob es regnete und wie kalt es war.

Mein Bahnhof lag unterm Rauchtisch im Wohnzimmer, zwischen den schwarz gespritzten Metallbeinen. Die Schienenstrecke war abwechslungsreich, Tunnels führten unter dem Sofa durch, auch Steigungen waren vorhanden, Bahnschranken.

Die andere Station lag bei der Glastür zur Küche, mitten auf dem grobfasrigen Teppich.

Meine Züge verkehrten unregelmäßig; die Reisenden waren die kleinen, farbig bemalten Zinnmännchen, die in losen Gruppen neben den eingebildeten Geleisen warteten.

Meine Schwester wollte sie nicht sehen, die Schienen, bis ich ihr den Posten des Stationsvorstehers anbot, am Bahnhof unterm Tisch.

Jetzt fuhren zwei Züge auf der Strecke; bald durchzog das imaginäre Schienennetz das ganze Zimmer, in weiten Schleifen, langen Geraden; Teppichränder waren da kein Hindernis. Später öffneten wir die Küchentür, bauten den Schienenstrang weiter aus, fast bis zum Eisschrank.

In der Mitte des Wohnzimmers einigten wir uns auf einen wichtigen Verkehrsknotenpunkt: Hier mußten unsere Züge aufeinander warten. Einzelne Zinnmännchen ließen wir umsteigen, ich übernahm die Lautsprecherstimme. Wir machten sogar Landesgrenzen aus: Meine Station, in der Küche draußen, unmittelbar neben dem weiß emaillierten Kohlebehälter, lag in Österreich, der Bahnhof meiner Schwester in der Schweiz.

Auf Zollformalitäten verzichteten wir.

Geschichten, ein Kaleidoskop von Bildern.

Aber helfen sie dir zu begreifen, wer du bist?

Wegen der ungewöhnlich starken Schneefälle hat der Bezirkszug große Verspätung. Viele warten auf dem einzigen, schneeverwehten Bahnsteig vor dem kleinen, fahlgelb gestrichenen Stationsgebäude.

- Oha, lacht Johann, da können wir uns Zeit lassen!

Vorsichtig kurvt ein Lastwagen der Saline aus einer Werksausfahrt, gereizt wischt der Fahrer über die beschlagene Scheibe.

Die Sitzbänke im engen Warteraum, dessen Tür offensteht, sind besetzt; die trübe Glasplatte des Schalters ist mit einem schwarzen Tuch verhängt: Fahrkarten bitte am Automaten lösen. Flink ziehe ich das Portemonnaie aus der Gesäßtasche, krame nach Münzen.

Zu gerne ergebe ich mich kleinen Gefälligkeiten, in der Meinung, das Leben gerate dadurch in einen freundlichen und friedlichen Fluß; manchmal übertreibe ich meine Hilfsbereitschaft fast, steigere sie zu eigentlichen Bestechungen.

Hastig sucht auch der Onkel in seinem Portemonnaie, mit empört hochgezogenen Augenbrauen, spitz in die Höhe zeigenden Schultern; nah stehen wir beieinander, in den Geldbeuteln wühlend. So stand Vater früher neben Onkel Johann: denn vor jeder Bergbahnstation, jedem Skilift und jeder Imbißbude wollte einer für den andern zahlen, ihn einladen. Ein Bild, das sich mir einprägte, und jetzt tue ich selbst mit, bin plötzlich selber ein Teil davon.

Diesmal kann keiner bezahlen; wir finden nicht das passende Kleingeld, werden die Fahrkarten beim Schaffner lösen müssen.

Endlich kann man den Zug in der Ebene erkennen, schwach glimmen die drei Lampen der Lokomotive durch das Schneetreiben, gedämpft ertönt ein Pfiff. Sogleich kommt Bewegung in die Wartenden; ein hektisches Gedränge, unruhiges Geschiebe. Wir stellen uns abseits, was brauchen wir einen Sitzplatz?

Im Zug benötigt der Schaffner fast zehn Minuten, um den Fahrpreis nachzuschlagen, die zwei Billets auszuschreiben. Nervös blättert er in seinem Tarifverzeichnis, fährt mit ausgestrecktem Zeigefinger über Zahlenreihen, murmelt Preise. Schließlich entgleitet ihm der Block mit den vorgedruckten Fahrscheinen. Mit dem Onkel bücke ich mich, greife nach den Papieren, die auf dem nassen Wagenbogen sofort feucht geworden sind. Auf dem obersten Billet verwischt die Druckschrift zu unleserlichem Geschmiere, ärgerlich zerknüllt es der Schaffner und setzt noch mitten in dieser zornigen Handbewegung zu einer Entschuldigung an, versichert, dies sei seine erste Fahrt.

In Mulden und Senken stehen Nebelschlieren, am Bahndamm ragen zersplitterte Baumstämme aus dem Harsch, nahezu geräuschlos gleitet der Zug.

In Ischl liegen beidseits der Straßen hohe Schneewälle, schnell verschwinden die Reisenden – die meisten tragen weite, dunkle, im scharfen Wind flatternde Umhänge – in engen Gassen oder erleuchteten Geschäften. Schwer und grau drückt der Himmel auf die schneebedeckten Dächer, spitz zielen Eiszapfen auf Gehsteige. Bilder gibt es, die passen zum Tod, wer weiß warum.

Auf dem Grundbuchamt, einem Büroraum des Gerichtsgebäudes, sucht eine resolute, unfreundliche Dame das richtige Buch heraus, legt es auf ein abgeschrägtes Pültchen, schlägt die entsprechenden Seiten auf. Dann setzt sie sich wieder hinter ihren an das Fenster gerückten Schreibtisch, nicht, ohne uns zu ermahnen, keinen Kugelschreiber zu benutzen, das drücke nämlich mit Sicherheit durch; außerdem hat sie eine Plastikfolie über die offene Doppelseite gelegt. Jede ihrer Bewegungen fordert uns auf, sorgfältig mit ihren Schätzen umzugehen.

Die ersten Eintragungen in dem in schwarzes Leinen gebundenen, metalleingefaßten Buch sind mit bröselnder Tinte, vielleicht sogar mit der Feder geschrieben worden. Erst seit 1954 wurde ein Füllfederhalter mit wäßrigblauer Patronentinte verwendet. Die Eintragungen, welche das Jochenhaus betreffen, beginnen auf der stempelnumerierten Seite 2673. Der Titel auf dem ersten Blatt, in einer gotischen Fraktur gesetzt, heißt: ZAHL DER GRUNDBUCHEINLAGE – 343. Darunter steht, bereits handschriftlich und auf einer zittrigen Hilfslinie: SPITZERHAUS A 38 IN ROITH SAMT EINFANGGRUND IN DER AU.

Darauf folgen die Eintragungen der wechselnden Besitzer; im April 1919 ging das Haus an meinen Großvater über, im Mai 1962 wurde es schließlich auf den Namen meines Onkels umgeschrieben.

Darunter lese ich zu meinem Erstaunen den Namen meines Cousins Peter; vor knapp drei Monaten wurde das Jochenhaus auf seinen Namen überschrieben.

Es wird besser sein, denke ich, wenn ich den Onkel nicht frage, weshalb er hierher fahren wollte.

Mit hängenden Armen steht er neben mir, seine schwarzen Handschuhe ein großer Farbfleck auf der hölzernen Ablage; umständlich steckt er seine Brille ins Etui, kneift die Augen zusammen.

Sorgfältig schließe ich das Buch, ziehe die Plastikfolie heraus, rolle sie nachlässig zusammen, und schon springt sie von ihrem drehbaren Stuhl, die Dame, schießt auf uns zu, der Onkel weicht einen Schritt zurück...

Im Treppenhaus hallen Schritte, weiter oben klicken Stökkelschuhe mit harten Schlägen über den Fliesenboden, der Motor des Fahrstuhls summt leise, straff spannen sich die Zugseile im gläsernen Schacht.

Am Himmel hat der Wind einen schmalen Keil in die schwarzen Wolken getrieben; hell fällt ein Lichtstreifen über einige der Häuser, bis in die Straßen vermag er nicht zu dringen.

Onkel Johann bietet mir seine Handschuhe an.

- Einen, antworte ich, einen nehme ich. Zum Beispiel den rechten...

Auf dem kurzen Weg zum Bahnhof sehe ich linkerhand einen weitläufigen Gebäudekomplex, der durch einen schmalen Park von der Straße abgegrenzt wird. In sanften Wellen liegt

Schnee beidseits der hohen Hecken; einzig der Weg, der zur einladend breiten Treppe führt, ist freigeschaufelt worden. Oberhalb der doppelflügligen Tür lese ich auf einem Schild in goldener Antiquaschrift: KURMITTELHAUS. Ich trete in das von schlanken Säulen gestützte Glasvorhaus, vorsichtig schließt hinter mir der Onkel die Tür.

- Willst du dir das Kurhaus anschauen, flüstert er ungläubig.

- Ist doch besser, als in einem Kaffeehaus auf die Abfahrt des Zuges zu warten.

Wir stehen in einem geräumigen Saal, von dem Türen in alle Richtungen führen; eine Treppe schwingt sich elegant in obere Stockwerke, makellos spannt sich ein roter Läufer über die Stufen, läuft quer durch die Halle und endet vor der Rezeption.

An den mit dunkelgebeizten Intarsien verzierten Türen hängen Schilder wie Pneumatische Kammer, Schlammpakkung oder Solebad; pausenlos öffnen sich die Türen, huschen ältere Frauen und Männer in blassen Morgenmänteln und Pantoffeln durch den Saal, verschwinden in andere Zimmer. Der seltsame Geruch, die abgestandene Krankenluft ekeln mich: hilflos drehe ich mich um die eigene Achse.

Onkel Johann hat mittlerweile begonnen, Erläuterungen zu den einzelnen Kurräumen zu flüstern, da ruft uns, nicht unfreundlich, die Dame an der Rezeption zu sich. Als sie hört, daß ich mich bloß ein wenig umschauen will, macht sie ein empörtes Gesicht:

- Umschauen? Wir sind ein Ort der Heilung und kein Museum!

Manchmal gerät man ohne Absicht in Ereignisse, und plötzlich erinnern sie an ähnliche, weit zurückliegende Vorgänge.

Nimm einen Punkt, der einige Jahre zurückliegt und verbinde diesen mit einem Punkt der Gegenwart; auf den Verlauf der Linie kommt es an, darauf, was zwischen damals und jetzt passierte...

Damals war ich mit dem Fahrrad der Tante gestürzt, nicht

weit vom Jochenhaus. Kurz vorher hatte es eingedämmert, hoch stand am Wegrand Gras: ein schwüler Sommerabend. Noch ungeübt im Lenken, hatte ich versucht, einen mitten auf dem Weg liegenden Stein zu umfahren und war dabei gestürzt. An einem wackligen Zaunpfahl zog ich mich hoch und versuchte, das Schutzblech zurechtzubiegen. Dann erst bemerkte ich das Blut am Kinn, spürte Schmerz. Behutsam ging ich nach Hause, das Rad neben mir her schiebend; als ich endlich auf dem Vorplatz stand, lag die Landschaft halb versunken in der Dunkelheit. Umsichtig schloß ich das Fahrrad in den Schuppen. Keine zehn Minuten später waren wir unterwegs zu einem Arzt; die Wunde am Kinn, fanden meine Eltern, müsse genäht werden. Natürlich war die Sprechstunde der beiden Ärzte des Städtchens längst vorüber, und man verwies uns an die Notfallstation des Hospitals. Dort untersuchte mich ein junger Doktor, und tatsächlich wurde der knapp drei Zentimeter lange Riß genäht. Ich entsinne mich an den Geruch der cremefarbigen Liege, genau weiß ich noch die Farbe, in der ein schmaler hoher Schaft voller Fläschchen gestrichen war, jederzeit wäre ich fähig, das milchige Hellblau nachzumischen. Nach der kleinen Operation erhielt ich ein riesiges weißes Pflaster auf die Wunde.

Als ich aus dem Auto stieg beim Jochenhaus, sah ich zum erstenmal ein Glühwürmchen. Hinter dem weißen Staketenzaun gloste sein winziges Licht in der dunklen Wiese.

Wie jede andere Geschichte auch, ist die eigene mit Versehen und Lügen durchsetzt...

Eine Erinnerung aus undeutlichen Bildern, so, als wäre sie hinter geriffeltes Milchglas gerückt. Sie muß aus der Zeit stammen, als wir im Erdgeschoß schliefen: ich stehe in einem Zimmer, in dem sich ein Schrank sowie zwei pingelig genau ausgerichtete, bezogene Betten befinden. Das einzige Fenster steht sperrangelweit offen; ich habe mich in der entferntesten Ecke hinter den Schrank verkrochen, weinend.

Obwohl ich mir die Fäuste in die Augenhöhlen bohre, weiß

ich, daß draußen, unmittelbar vor dem Fenster, meine Spielkameraden stehen, darunter die Schwester. Die Schmach, zu weinen vor all den andern, treibt mich weiter in den engen Spalt zwischen Schrank und Wand, löst einen neuen Heulkrampf aus, daß mir der Rotz ins aufgerissene Maul rinnt.

Ich kann die Bande ja nur zu gut hören, lachend unterhalten sie sich, rufen hänselnd meinen Namen in das von Sonnenlicht überflutete Zimmer, skandieren ihn mehrstimmig im Chor, schlagen dazu mit der offenen Hand auf das Fensterbrett; ja, und ich höre die Stimme der Schwester heraus, ganz genau erkenne ich sie, sie witzelt mit den andern, erniedrigt mich, donnert aufs Fensterbrett. Immer weiter zwänge ich mich zwischen die tapezierte Wand und den glänzend lackierten Schrank, presse mit aller Kraft das hölzerne Ungetüm von der Wand: nichts hören, nichts sehen, sich verstecken, versinken oder sich ein Messer in die Brust stoßen, blutüberströmt durchs Zimmer taumeln, den Peinigern zeigen, was sie angerichtet haben.

Wieso stellt sich nicht die Schwester auf meine Seite, bringt das Geschrei und Gelächter zum Verstummen, schickt sie weg, die andern, klettert durch das Fenster ins Zimmer, zieht mich aus dem dunklen Spalt in den hellen Raum, wer sonst sollte dies tun.

Ich will nicht ihre Stimme hören in diesem Chor, das darf nicht sein, ich presse die geballten Fäuste auf die Ohren, daß es schmerzt.

Das Sonderbare an diesem auch heute noch beklemmenden Bild ist, daß ich nicht mehr weiß, weshalb ich mich in dem Zimmer verberge, flennend, von den andern verspottet.

Im Kopf die Bilder von früher. Ich sehe zwar Szenen, aber sie sind zu Standaufnahmen geronnen, ergeben keinen Film.

Es ist, als nähme ich Fotografien zur Hand; Bilder aus beträchtlicher Distanz aufgenommen, einige verwackelt, andere arg überbelichtet...

Zusammen mit ihrer Schwester Klara habe Mutter im selben Bett geschlafen.

Als Kind sei sie sehr ängstlich gewesen. Abends habe sie sich nur darum mit dem Zu-Bett-Gehen beeilt, um an der Wand liegen zu können.

Besonders im Sommer sei dies wichtig gewesen: häufig seien schwere Gewitter über Roith gezogen. Dann seien sie rasch aufgestanden, hätten die Sicherungen herausgedreht und Kerzen angezündet.

Das Schlafzimmer sei ein kleiner, im Winter unglaublich kalter Raum mit tiefhängenden Deckenbalken gewesen, in dem zwei riesige Kleiderschränke gestanden seien; hölzerne Ungetüme, die allen Platz zum Spielen genommen hätten...

Liege ich im Bett, kann ich nicht aus dem Fenster sehen; setze ich mich auf, gerät mein Gesicht in den Spiegel an der gegenüberliegenden Wand: ein unbehagliches Gefühl.

Schwungvoll stehe ich daher auf, vermeide es, in den Spiegel zu starren.

Der Teppich ist moosgrün, dezent gemustert, über die pastellbraune Tapete ziehen sich beige Ellipsen; den Tisch habe ich unter das Fenster geschoben.

Diesen Raum vermietet Tante Bertha gelegentlich an Fremde, die das Salzkammergut bereisen, einige Tage hier wohnen bleiben.

Jetzt, im November, gibt es keine Touristen.

Oder bin ich einer.

Ist es nicht so, daß ich beinahe ein wenig hierher gehöre. Kenne ich dieses Haus nicht sehr genau, die Gegend, auch die unscheinbarsten Nebenstraßen und Wege. Früher konnte ich sogar den hiesigen Dialekt nachahmen, gar nicht schlecht, wie meine Freunde bestätigten. »Der Schweizer« war ich bloß bei der Ankunft, jenen Augenblick lang, da unser Auto auf den gepflasterten Vorplatz einbog und wir ächzend ausstiegen, Arme und Beine schüttelten.

Mit dir selber mußt du auskommen.

Gerne glaubt man, die Welt sei voller Rätsel, aber das größte Rätsel bist du doch dir selbst.

Hinter jener Ecke wartet ein besseres Leben, kann man sich einreden, dabei müßte man's doch packen können, wo man gerade steht.

Durch die halbgeschlossene Markise sehe ich Rudi den Vorplatz überqueren. Schnell ziehe ich die Jalousien hoch, stoße den Fensterflügel auf, lehne mich hinaus.

- Aha, ruft Rudi, da hockt er im Zimmer, der Freund. Ich bin eben von der Arbeit zurück. Kommst du noch runter? Ich sollte einiges erledigen im Schuppen. Tischlerarbeit, du weißt schon!

Tante Bertha trägt Bügelwäsche aus dem Zimmer, fordert mich auf, doch »zu den Männern« zu gehen.

Onkel Johann schaufelt Schnee, Cousin Peter wechselt fachmännisch Reifen an seinem Auto.

- Ich komme, sage ich aus dem Fenster, worauf Rudi langsam Richtung Schuppen verschwindet; er schleppt einen Sack Kohle, trägt gewaltige, blaue Moon-Boots. Plötzlich bleibt er stehen, zeigt gegen den Berghang.

- Da, eine Staublawine!

Ich kann sie, obschon ich mich gefährlich weit aus dem Fenster lehne, nicht sehen, nur hören. Onkel Johann macht ein paar Schritt auf Rudi zu. Nah beieinander stehen die drei Männer im Schnee, starren zum Steilhang, kommentieren die tosende Lawine.

Schleunigst verlasse ich mein Fremdenzimmer, ziehe die hochgeschnürten Stiefel an, die ich mir von Peter geborgt habe; bis ich endlich vors Haus trete, ist alles vorbei.

Peter liegt schon wieder unter dem aufgebockten Heckteil seines Autos, Onkel Johann schaufelt Schnee vom Vorplatz. Ein wenig staubt es noch zwischen den Nadelhölzern am jenseitigen Hang, der luftige Schneestaub der Lawine hat sich gesetzt.

Im kleinen Schuppen, der zum Jochenhaus gehörte, hätten sie ihr Holz aufbewahrt. Dort seien auch die zwei Kühe gestanden und unter dem Dach, erzählte Mutter, hätten sich die Mädchen ein Zimmer eingerichtet.

Dort hätten sie mit ihren Puppenfamilien gelebt; sich auf einem Metakocher Grießbrei gekocht. Sie seien in der winzigen, abgeschrägten Kammer gesessen; durch die Bretterritzen hätten sie ins Freie gesehen, hätten die Brüder beobachtet, die die Puppenväter gaben.

Seltsam, daß man als Kind den Wunsch hat, das Leben der Erwachsenen nachzuahmen...

Wider Erwarten ist es in Rudis Werkraum warm; geräuschvoll bullert in der Ecke ein gußeiserner Ofen. Gleich bittet mich Rudi, gelegentlich Kohle oder Holz nachzulegen, er habe keine Hand frei.

Rudi arbeitet an einem mehrstöckigen Puppenhaus, auf der Werkbank liegt ein einfach gehaltener Plan.

- Für Freunde, sagt er leichthin; er sägt eine Dachschräge zurecht.

In letzter Zeit, erzählt er, komme er selten mehr zum Ausruhen. Nach der Arbeit in der Saline, wo er in der Tischlerei beschäftigt sei, müsse er meist noch irgendwelche Aufträge für Kollegen erledigen: Schränke, Stühle, ganze Kredenzen tischlern.

- Oder eben Puppenhäuser!

- So, lacht er, jetzt geht's ans Leimen.

Gemeinsam setzen wir Klemmen an, pressen die Schnittflächen gegeneinander.

- Und du, was machst du so, fragt er, zwinkert mit einem Auge, dreht an den Klemmenschrauben, sagt gleich noch ein paar Indiomausdrücke, die wir früher gemeinsam übten.

- Was man so macht halt, antworte ich. Ich denke viel an unsere Zeit, rede ich weiter, weißt du noch!

Laut lachen wir; was soll man auch sagen. Mittlerweile arbeitet er an der andern Dachschräge, mißt ab, zeichnet an und beginnt ruhig zu sägen; erst jetzt bemerke ich, daß er eine blaue, verwaschene Werkschürze trägt. Auf einer wohl eigens gezimmerten Ablagefläche steht ein Kofferradio, vorsichtig stelle ich lauter: Rudi schüttelt den Kopf.

- Mit dieser neuen Musik kann ich gar nichts anfangen, meint er entschuldigend und dreht leiser.

Schnell werden die gelblichen Sägemehlhäufchen größer, türmen sich auf zu spitzen Kegeln, die lautlos in sich zusammenfallen.

Nachher kehrt Rudi sorgfältig den mit Spanplatten und Linoleumresten ausgelegten Boden, stellt noch einmal Klebstoff und Klemmen bereit.

-Ordnung, sagt er halb im Scherz, muß sein!

- Ist ja auch das halbe Leben, beende ich den Satz und lege Kohle nach. Wieder verbrenne ich mir beinahe die Finger am glühendheißen Griff der Ofentür; unbeholfen stemme ich sie mit einem Span auf, lasse einige Kohlestücke ins Feuer gleiten.

Ich weiß nicht, wer von uns von früher zu erzählen beginnt: Jedes Wort Reizwort und Signal; bald genügt schon ein Zeichen und wir erinnern uns: Scheiterhaufen! Zuckerwatte! Fahrradschlauch! Steinbruch!

Unser Gespräch läuft ab nach eigenen, für Außenstehende unverständlichen Gesetzen; beendet wird kein Satz, keine Geschichte. Alles bleibt stecken, wird bloß begonnen, angerissen: ein endloser Taumel.

In einer kurzen Redepause deute ich mit der Hand gegen die Decke des Raumes, ziehe fragend die Augenbrauen in die Höhe, und schon weiß Rudi Bescheid.

- Ja, unser Raum besteht noch. Nur wird er von niemandem benützt!

Unterm Dach des Schuppens hatten wir uns einen Treffpunkt eingerichtet: Um einen flachen Tisch gruppierten sich Harasse und eine durchgelegene Matratze. Wolldecken verhängten den Teil des Dachbodens, in dem Gerümpel gelagert wurde. An den Balken hatten wir Poster angeklebt, die wöchentlich wechselten, in einem von Rudi gezimmerten

Schränkchen bewahrten wir Comics, Steinschleudern, selten auch Zigaretten auf. Ein Fenster – eher eine Dachluke, wohl zum Einbringen von Heu gedacht – ließ sich öffnen. Auf diese Weise hatte man einen guten Überblick, erkannte jeden näherkommenden »Feind«. Später hatten wir uns in unserer Bude aufgeregt die ersten Erlebnisse mit Mädchen erzählt...

Begeistert klopfen wir uns auf die Schultern, versichern, wie famos diese Zeit war.

- Es tut mir gut, sagt Rudi leise, daß auch du dich an soviel erinnerst; man ist doch froh, einen Teil seiner Vergangenheit mit jemandem teilen zu können.

Langsam arbeitet er weiter; ein Brett mißt er ab, dann bringt er eine Bleistiftmarke an und räumt wortlos die Werkzeuge weg. Mir scheint, er verliert sich in aufschiebbaren Verrichtungen: vielleicht will er unser Beisammensein verlängern...

Ich lege Kohle nach; um meinen Standort hat sich eine Pfütze gebildet, ein feines Rinnsal fließt in Rudis Richtung, versickert in einer Bodenritze. Wie unser Gespräch stockt die Zeit; da hilft auch der Hardrock aus dem Radio wenig: Jetzt ist eine Minute länger als ein Jahr, gefrieren die Gedanken, die Bewegungen.

Dabei ist es inzwischen unglaublich heiß in diesem schlecht isolierten Raum; längst habe ich meine Jacke über den Hackklotz geworfen.

Gleichzeitig beginnen wir endlich einen Satz.

- Morgen, setze ich mich durch, lade ich dich auf ein Bier beim Roitherwirt!

- Gilt, entgegnet Rudi, stellt das Radio aus und verstaut es in der Tischschublade.

Dann zeigt er mir ein Handwerkerset, das aus mehreren elektrischen Apparaten und Zusatzgeräten besteht.

Onkel Johann ruft mich zum Essen; ohne Joppe steht er vor Rudis Schuppen, wartet auf uns.

Die Fenster des Jochenhauses werfen gelbe Vierecke in den naßschweren Schnee, es ist wärmer geworden.

- Das Jochenhaus steht im ehemaligen Flußbett, erklärt der Onkel, mitten in aufgeschüttetem Schwemmland; darum ist es im Erdgeschoß manchmal so feucht.

Wir helfen der Tante beim Abwaschen. Diesmal brauche ich keine Fragen zu stellen, beide erzählen sie von früher. Als sie das Haus übernahmen, war nur das Erdgeschoß bewohnbar; die Mauern waren außergewöhnlich massiv und aus großen Steinen und Straßenkot gefügt.

- Straßenkot, erklärt Johann, nannte man den kalkähnlichen groben Staub, der entstand, wenn Fuhrwerke über die Schotterstraße ratterten. Diesen Staub haben die Straßenmeister zu großen Haufen zusammengerecht: ein brauchbarer Baustoff!

Damals besaß das Haus zwei Haustüren, das Dach war schadhaft, die Fenster schlossen undicht; also begann man bald mit dem Umbauen und Renovieren.

- Aber daran erinnerst du dich vielleicht, meint die Tante, es waren eure ersten Ferien hier, ab und zu habt ihr mitgeholfen!

Sie bauten das obere Stockwerk zu einer Wohnung aus, in die sie später umzogen, als Peter heiratete. Im Erdgeschoß veränderten sie geringfügig den Grundriß, verlegten die Küche.

- Immer bauten wir irgendwo um, seit 1962.

Zuerst wurde der Vorplatz planiert, mit Kopfsteinen gepflastert, dann eine Ziermauer gezogen, danach der Schuppen verkleinert und jetzt, jetzt hat Peter neue Umbaupläne. Tatsächlich hatte mir mein Cousin ein Modell des Jochenhauses gezeigt: das Gebäude soll aufgestockt werden, der Winkel des Daches wird somit flacher, dazu baut Peter eine Garage an und ein weiteres Zimmer mit Zugang zum Dachboden.

- Das Jochenhaus, sagt die Tante, wächst und wächst. Aber unsere Wohnung hier, die behalten wir!

Sie streichelt die Katze, die sich an ihre Beine schmiegt, schüttet ihr ein wenig frische Milch in die Schale.

In allen Räumen des nunmehr weitläufig gewordenen Gebäudes habe ich übernachtet in diesen Jahren, in meinen Ferien. Ich kenne die Sicht aus allen Fenstern, erinnere mich an die verschiedenen Küchen, Badezimmer und Toiletten, an den Wechsel der Farben und Muster von Tapeten und Kacheln. Oder bilde ich mir das ein.

In viel zu großen Überkleidern stand ich auf dem Dachboden, zog Eimer um Eimer voller Zement hinauf; aus dem provisorischen Fenster sah ich klein die Eltern auf dem Vorplatz, frisch blies der Wind, auf meiner Höhe flogen Vögel Schleifen.

Ich kenne alle Umbauphasen dieses Hauses; auch wenn ich mich dagegen wehre.

Denn in meinem Kopf ist alles beim alten, wenn ich will: überschaubar die Wohnung, aus den Fenstern sehe ich geradewegs in den Wald, sommers und winters, und dann fröstelt mich, damals gab es ja keine Heizung, tief verkrieche ich mich unter die Decken, rede mit meiner Schwester und höre im Nebenzimmer die vertraute Stimme der Eltern, von Tante und Onkel, leise Geräusche aus dem Fernseher.

Es ist keine Wehmut. Manchmal nur magst du dich nicht dem Lauf der Dinge fügen, lebst weiter in der Vorstellung, wie du dir das eben wünschst...

Was habe ich nicht ferngesehen mit meinem Onkel!

Vor allem, als ich ohne Eltern Ferien in Österreich verbrachte, saß ich Abend für Abend bis Sendeschluß vor dem Bildschirm.

Damals bestimmte die Nähe zum Apparat die Sitzordnung; der Onkel bediente das Gerät, schaltete um, regulierte die Kontraste, die Lautstärke.

Unbeirrt sahen wir uns durch das Abend- und Nachtprogramm: Sportübertragungen, Dokumentarfilme, Diskussionsrunden, Spielfilme. Unkonzentriert und in uns versunken saßen wir in den Sesseln. Zwei Träumer, beim scheiternden Versuch, Sehnsüchte zu befriedigen.

Erst der rauschende, flimmernde Bildschirm ernüchterte

uns, trieb uns zu Bett.

Heute kann man sich in die vom Augenarzt empfohlene Distanz setzen: Mühelos läßt sich der Apparat aus beliebiger Entfernung bedienen; bequem in den Sessel gefläzt sitzt man da und läßt die Welt zugrunde gehen.

Graue Regenwolken hängen im Bildschirm, Schwärme von Möwen ziehen elegante Kreise, langsam tuckert ein Kahn quer übers Bild, legt an der Pier an. Dann erscheint fett der Titel: IM WALFJORD.

Ein Stahlseil, das im brackigen Wasser verschwindet, strafft sich, dann sieht man – mit dramatischen Gegenschnitten – eine Schwanzflosse aus der See ragen. In einer ersten Nahaufnahme erkennt man die rosafarbenen, leicht ins Bläuliche schimmernden Eingeweide, die aus den Wunden des harpunierten Wales hängen. Eine Gruppe Männer setzt sich in Bewegung; laut knallen die genagelten Absätze auf der schiefen Betonbahn, die gegen das Meer läuft. In der nächsten Einstellung liegt bereits der Wal auf einer Plattform; einer der Männer steigt ihm auf den Rücken und beginnt sofort, die Haut entlang des Rückgrates aufzuschneiden. Mühelos gleitet das Skalpell durch die Fettschichten, die abgezogen werden: Darunter wird das rötliche Fleisch sichtbar. Kameraschnitt, Schnitt mit dem Skalpell, klatschend klappt Fleischfetzen um Fleischfetzen auf den Beton; im Hintergrund sieht man einen Arbeiter mit einer kreischenden Motorsäge den Kiefer zerteilen, und immer noch wird Schicht um Schicht freigelegt, mit sauberen Schnitten dringt einer der Schlächter tiefer, zerlegt die Fleischbrocken, bis deutlich Strukturen zutage treten, die fleischerne Innenwelt des Wals sorgfältig ausgebreitet auf der Pier liegt. Die letzte Einstellung hält an diesem Bild fest – eine rot schimmernde Fleischmasse, die ungefähr die Konturen eines Wals zeigt, und auf dem grauen Beton liegt. Erst jetzt, da Musik einsetzt, ein gewaltiges Fortissimo, eine Bläser- und Streicherschwemme, die den Bildschirm, die schreckliche Schlußeinstellung überschwappt, merke ich, daß während des ganzen Filmes ein Kommentar gesprochen worden ist...

Stumm sitzen wir da, Onkel Johann und ich, er dreht den Ton ab, eine Ansagerin erscheint, ihr Mund klappt auf und zu. Wir schweigen weiter, starren in den Bildschirm, bis die Anzeige »Sendeschluß« erscheint, darauf Geflimmer. So saßen wir manche Nacht, jeder machte mit den gesehenen Bildern, was er wollte; kein Wort wechselten wir, bis einer – meist Onkel Johann – aufstand und den Apparat ausschaltete.

Durch das breite Wohnzimmerfenster sieht man die Giebelseite des Hauses, in dem Rudi lebt; ein gedrungen wirkender Bau, milchigweiß gestrichen, die Fenster auffallend klein und tiefliegend im Parterre, mit braunen Farbrahmen eingefaßt.

Das Haus stand in meiner Erinnerung zwar ziemlich isoliert da; durch die Schnellstraße jedoch, die in der Flucht des Gebäudes nach Ischl führt, wirkt es noch abgelegener. Der Pfad ist tiefverschneit; die Lattenzäune, die ihn beidseits säumen, gerade noch erkennbar.

Im einen Zimmer ist das Fenster erleuchtet, hinter Gardinen sehe ich schemenhafte Schatten, und es verlangt mich, einzutreten in die bestimmt geheizte Stube; einzutreten, um ohne Erklärungen, ganz selbstverständlich, in die Gemeinschaft aufgenommen zu werden.

Autoscheinwerfer zerschneiden die Nacht, gleiten über die Fassade; am Waldrand steht ein dunstiger Schleier: eine verhangene Landschaft, die die Menschen zusammentreibt, hinein in Häuser, um Tische versammelt.

Mein Neid auf die festen, scheinbar unzerbrechlichen Verhältnisse hier, auf das aus Brauchtum, Tradition und Heimatliebe gekittete Gefüge, oder habe ich mir das eingeredet die letzten Jahre, aus sicherer Distanz hineinprojiziert in diesen Landstrich, die Menschen.

Eingebunden sein in Tradition kann auch bedeuten: gefangen sein, genügsam werden. Und wer hat das Wort »Heimat« gestrichen aus unserer Umgangssprache; viermal umziehen in zwei Jahren, verstört in Dämmerung tappen, Halt suchen irgendwo.

Und weiter. Aus der Stadt, aufs Land, in ein stattliches Haus zwischen sanften Wiesenhängen, aber auch das nur kurz, bis man in den Nachbarn ebenfalls geflüchtete Städter erkennt, die genauso in der Luft hängen, und schon wieder zurück in eine Mietwohnung, die gegenüberliegende Häuserzeile greifbar nah, nachts sieht man hinein in Zimmer, fremde Gewohnheiten, und bereits richtet man erneut den Blick in die Ferne: bloß nichts aushalten.

Und die Leere wächst, die unbestimmte Angst...

Durch die waagrecht gestellten Lamellen sehe ich hinaus in eine kalte Winternacht; früher, als Junge, schloß ich mich mit Wochenillustrierten, die der Onkel gekauft hatte, in der Toilette ein. Die Fotografien waren harmlos: Frauenbrüste, selten Schamhaare, öfters Querschnittdarstellungen der Genitialien. Für mich waren diese Aufnahmen dennoch erregend. Wenn ich mit der Hand mein Glied umfaßte, schloß ich die Gardinen des Fensters zur Terrasse, achtete sorgsam auf Schatten hinter dem Milchglas der Tür...

Im Urlaub rasierte sich auch Vater naß. Im Unterhemd saß er am Küchentisch, den Rasierspiegel vor sich aufgestellt, bereitete pfeifend den Schaum, den er sich mit schlagartigen Handbewegungen ins Gesicht pinselte. Mit der Zeit wurde diese Rasur zu einem Ritual: Vater machte den Schaum an, ich trug ihn auf. Still saß Vater da, ließ sich nicht aus der Ruhe bringen von meinen zittrigen Bewegungen, schimpfte auch nicht über die feinen, weißen Spritzer, die jedesmal den Küchentisch überzogen. Tagsüber waren wir selten zusammen; Vater fuhr mit Mutter und Schwester schwimmen, ich unternahm Bergtouren mit Onkel Johann.

Wie, frage ich mich heute, war das für Vater, daß ich so oft mit dem Onkel zusammen war...

Stellenweise kann man durch die Schneedecke das dunkle Granitpflaster erkennen, das den Vorplatz bedeckt; der ehemalige Bretterzaun wurde längst abgerissen und durch gemauerte Stützen mit schmiedeeisernem Gestänge ersetzt. An der dem Jochenhaus zugewandten Seite der Schuppenwand lehnt ein noch in Plastikfolie eingeschweißtes Garagentor aus dunkel gebeiztem Holz. Die Schuppen der Nachbarn wurden ebenfalls verkleinert oder in Autoabstellplätze umgewandelt, das Tummelfeld meiner Jugend, die abenteuerlichen Gassen zwischen den Scheunen, die schotterbestreuten Plätze sind verschwunden; die kleine, ineinanderverschachtelte Schuppensiedlung wurde auseinandergerissen. Schwarz führen Reifenspuren durch den Schnee, vom Haus weg; in der Straßenbiegung verlieren sie sich.

Laufen alle Geschichten zusammen in einem Punkt, einem durch die Notwendigkeit der Ereignisse bestimmten Zentrum?

Und die Ordnung des Gedächtnisses?

Geschichten verschwinden zielsicher in unbekannten Landschaften oder in lichthellen Räumen, nehmen ihren Anfang an Herbsttagen, regnerischen Sommernachmittagen, irgendwo, irgendwann. An einem frühen Sommermorgen, zum Beispiel, unsere einzige Motorradfahrt nach Österreich. Dabei: Was bleibt von einer solchen Fahrt, was bleibt von einer Landschaft, die mit 100 km/h an einem vorbeigleitet, von einem fortwährend wechselnden Himmel, unter dem man weiterrast, was bleibt von Straßen, die in differenzierten Grautönen weggleiten unter einem. Werden all diese Eindrücke verwischt, bleibt nicht nur der schneidende Fahrtwind, das Knattern des Motors, das Prasseln der griffigen Pneus auf Katzenkopfpflaster.

Nein, diese Fahrt blieb im Gedächtnis, läßt sich lückenlos rekonstruieren, detailgenau:

Um vier Uhr morgens starteten wir.

Langsam fuhr der Vater durch die Quartiere Richtung Autostraße, kühl strich mir der Fahrtwind ins Gesicht, am Stadtrand beschleunigte Vater, schnell trieben kleine, ineinander gekuppelte Wolken am Himmel. Fasziniert zählte ich die an der Plexiglasscheibe zerplatzenden Insektenkörper, die schwarzen, rot oder gelb zerlaufenden Punkte. Auf der Arlberg-Paßhöhe stiegen wir erstmals ab, vertraten die Beine; aus der Thermosflasche füllte Mutter heißen Tee in kartongraue Pappbecher. An sonnengewärmte Felsen gelehnt, aßen wir belegte Brote. Schön glänzten die Chromteile des Motorrades; die Reifen hatte der Vater mit unseren Jacken abgedeckt. Später kickte er mit einem Tritt die Maschine an, und wir fuhren weiter. Zusammengebundene Stauden lagen entlang der Straße, auf einem nicht asphaltierten Teilstück zogen wir eine deutlich sichtbare Wolke hinter uns her, eine windzerrissene Fahne...

Unaufhörlich Schattenkämpfe in meinem Kopf; ich gegen meine Erinnerungen.

Ich stehe vor einer hellgetünchten Wand, an der sich mein Schatten – nur unwesentlich größer als ich – vor meinen angedeuteten Schlägen duckt; der Schatten weicht aus, kontert, greift ebenfalls an.

Ein sinnloser Kampf: Nie wird der entscheidende Schlag gelingen, stets werde ich mir gegenüberstehen, auf den Hieb des andern warten, der immer nur ich selber bin. Schizophren muß das nicht sein; es gibt Augenblicke, da vervielfacht sich die eigene Person, die Biografie fächert sich auf, Gelegenheiten bieten sich an.

Die andere Möglichkeit wäre, daß ich, zusammen mit meinem Schatten, dieses Zimmer verlasse, mich vereine mit ihm oder mir...

Aber wo bliebe dann der Gegner, wo das Ziel meiner Attacken. Ja sagen zu können zu sich, hieße wohl auch, ja zu sagen zu seinem Land.

Zuallererst zu Hause sein in sich selbst.

Keinen Mut benötigen, aber auch keine Angst mehr zu haben...

Gegenheimat. Zweiter Entwurf

Irgendwann öffnest du die Tür und trittst aus deinem hellen Raum in den Korridor hinaus.

Froh bist du um das schummrige Licht dort; sorgfältig schließt du die Zimmertür, wirfst einen letzten Blick in die Tiefe des Raums.

Verrichtungen gibt es, bei denen will man nicht gesehen werden, will man mit sich alleine sein.

An helles Licht gewöhnt, mußt du dich mit den Händen vorwärts tasten, Stück um Stück die Diele entlang. Deinen Augen willst du nicht Zeit lassen, sich an die Dunkelheit zu gewöhnen: Die rohverputzten Wände werden dich aus der Wohnung führen.

Nach Minuten stehst du vor der breiten Tür, deren ovales Fensterchen mit grobem Leinen verhängt ist.

Einen Moment denkst du an das helle weiße Zimmer, in dem du dich letztlich doch heimisch fühltest.

Deine Heimat verträgt sich jedoch nicht mit Enge, findet nicht Platz in einem Zimmer.

Du öffnest die Tür; manchmal will man sich auch verstoßen fühlen.

In leichtem Bogen schwingt sich eine Holztreppe durch das hohe Treppenhaus; hell werfen die Stufen das Sonnenlicht zurück, hinter den Scheiben bewegen sich sacht Zweige in schwachem Wind.

Treppenhäuser können einem das Gefühl von Ankunft oder Abschied geben, je nachdem.

Tritt man – mit Vorteil an einem grellhellen Sommernachmittag – in ein kühles, dämmriges Treppenhaus, in dem sich in der Höhe die Stufen verlieren, in dessen Briefkasten Postsendungen stecken, dann kommst du heim, kommst an...

Langsam nimmst du Stufe um Stufe; erstaunt stellst du fest, daß andere Wohnungstüren fehlen und die Zwischenböden demnach wenig Sinn haben.

Weit steht die Haustüre offen, der Klinkerfußboden schimmert, als wäre er mit Wasser bedeckt.

Warm schlägt Luft herein, Pflanzengeruch. Ums Haus erstreckt sich ein weitläufiger, üppiger Garten.

Die steinerne Freitreppe mündet in einen sauber geharkten Kiesweg.

Ohne dich umzusehen, gehst du hinein in diesen Park; leise knirschen die Steinchen.

Nach dem Frühstück gehe ich einkaufen; die von Tante Bertha handgeschriebene Liste steckt in ihrem Geldbeutel, den sie mir in die Hand gedrückt hat.

Es ist ein kalter Morgen; wenigstens schneit es nicht, vereinzelt stehen Wolken am Himmel.

Auf die kleine Wiese hinter dem Jochenhaus kann man nur gelangen, wenn man den Zaun überklettert, durch den tiefen Schnee stakst; die im Bau befindliche Garage versperrt den Zugang. Noch stützen auf Brettern stehende Eisenrohre die Decke, der Boden ist nicht zementiert.

Auf der Wiese hinterm Haus war an einem der Bäume eine Schaukel befestigt, über eine schlaff gespannte Wäscheleine warfen wir Plastikbälle, und in der entferntesten Ecke des Grundstückes lag ein großflächiger Komposthaufen, der bei großer Hitze penetrant zu stinken begann. Nie schnitt man auf dieser Wiese das Gras, das gefiel uns, das gab dem Spielplatz etwas Verwildertes. Ende Sommer konnte man die Fußbälle nur mit Kraft vorantreiben; laut zischten sie durch die hochstehenden Halme.

Wie soll ich zurückfinden in die Landschaft von damals?

Ich kenne das Codewort nicht, und von alleine geht es nicht; zu groß sind die Veränderungen, zu augenfällig unterscheiden sich die Bilder, die ich sehe, von den Bildern, die ich mit mir herumtrage.

Das erste Mal nehme ich bewußt die Ortstafel »Roith« wahr, die allerdings ungünstig plaziert ist. Die Stange verschwindet in einem Ableger eines verzweigten Busches: nur gerade im Winter wird man die Tafel sehen können...

Roith bildet, zusammen mit zehn anderen Ortschaften, das in den späten zwanziger Jahren zur Marktgemeinde erhobene Städtchen, das am Südende des Traunsees mitten im Salzkammergut liegt. Erreichbar ist die Marktgemeinde von Süden her durch das langgstreckte Trauntal, von Norden entlang des Sees; alle anderen Richtungen sind von Gebirgszügen verstellt, die, wie ich aus der Landkarte weiß, ihrerseits in das HÖLLENGEBIRGE und das TOTE GEBIRGE übergehen. Namen, die man keinesfalls überlesen kann; hat man sie im Kopf, wird man die schroffen Berge rundum mit anderen Augen sehen…

In Roith, weiß ich von meiner Mutter, gab es seinerzeit nur eine erste und eine zweite Schulklasse; um die höheren Stufen zu besuchen, mußte man hinunter ins Städtchen, was immerhin eine Stunde Fußmarsch bedeutete.

Auch eine eigene Kirche hatte Roith nicht; Sonntag für Sonntag marschierte die ganze Familie ins Städtchen; stolz führte der Vater Mutter an seinem steif abgewinkelten rechten Arm hinter uns Kindern.

Der Laden befindet sich keinen Kilometer vom Jochenhaus entfernt; wo sich die ehemalige Hauptstraße und eine abzweigende Nebenstraße treffen, steht eine Telefonzelle, direkt vor der Schaufensterfront des Konsums. Die Filiale wurde vergrößert; im Fahrradrechen unter der Leuchtreklame lehnt nur ein Rad im eingeschneiten Eisengestell, zwei rechteckige Abfallbehälter aus Maschendraht flankieren die automatisch sich öffnende Tür. Im geheizten, hellen Verkaufsraum beschlagen meine Brillengläser, unsicher taste ich nach einem der gestapelten Plastikkörbe. Mannshohe Gestelle unterteilen den Raum; die verschiedenen Abteilungen sind mit von der Decke baumelnden Tafeln angeschrieben. Neben der Kasse steht ein drehbarer Ständer mit Illustrierten und Zeitungen, aus versteckten Lautsprechern tönt Unterhaltungsmusik. In der Fleischwarenabteilung zeige ich auf Rohschinken hinter der sauber polierten Vitrinenscheibe, nenne hochdeutsch die gewünschte Grammzahl; den hiesigen Dialekt, den ich zweifellos noch beherrschen würde, traue ich mich nicht zu sprechen.

Vor den Schaufenstern des Konsums bleibe ich noch eine Weile unter dem blaugestrichenen, mit Betonsäulen gestützten Vordach; in der Telefonkabine steht eine junge Frau, die, wild gestikulierend, in den Hörer redet, den sie hält, als wäre er zerbrechlich...

Der damalige Konsum befand sich in einem hellblau getünchten Haus mit spitzem Giebeldach auf der anderen Seite der Nebenstraße. Ein handgemalter Majuskelschriftzug war über der Tür angebracht, durch deren Scheibe, die mit bunten Klebern übersät war, man ins dämmrige Geschäftsinnere sehen konnte. Das einzige Schaufenster war mit den verschiedensten Artikeln aus dem Sortiment überstellt und mit einem hellen Vorhang, der unregelmäßige Falten warf, gegen den Kundenraum abgeschlossen.

Der Konsum bestand aus eigentlich zwei Räumen: Im vorderen, größeren, den die hölzerne Theke mit aufgesetzter Glasvitrine quer unterteilte, standen Lebensmittel, Haushaltsartikel, Seifen, Spülmittel: ein umfassendes Angebot. Die farbigen Pakete, Dosen und Schachteln türmten sich in den in die Wände eingelassenen Holzregalen bis fast zur Decke; vor den Gestellen lehnten die sperrigen Artikel.

Das Ganze machte auf den ersten Blick den Anschein eines heillosen Durcheinanders, hatte aber eine praktische, ja systematische Ordnung, was man feststellte, wenn man einen etwas ungewöhnlichen Wunsch vorbrachte; sofort griff dann die Verkäuferin, die immer eine tadellos saubere, weiße Schürze umgebunden hatte, nach der kleinen metallenen Bockleiter, legte diese an eines der hohen Regale, stieg hoch und griff zielsicher das richtige Paket aus dem Gestell.

Gemächlich maß die Frau das gewünschte Deka Käse ab, schnitt aufmerksam hauchdünne Wurstscheiben, auch ohne Maschine. An der Wand hinter der Kasse hing unmittelbar neben einem Abreißkalender eine große Uhr, deren Ticken einen langsamen Takt diktierte; ging man auf dem Holzboden, knarrten einzelne Bretter, die im Sonnenlicht fein schimmerten.

Im hinteren Raum befand sich offenbar das Lager: von der Theke aus sah man nur Säcke und Kisten sich zu Bergen türmen, im Raumhintergrund hing ein zweifarbig bedrucktes Bierplakat neben einem Email-Coca-Cola-Schriftzug an der grün gestrichenen Holzwand.

Seitlich der Vitrine mit Käse und Wurstwaren, standen die dickbauchigen, verschlußlosen Gläser, in denen die Süßigkeiten aufbewahrt wurden; randvoll waren sie mit knallbunten Kaugummikugeln, in glänzendes Papier geschlagenen Zukkerstücken, klebrigen Bonbons. Obenauf steckten an Fähnchen erinnernde, steife Papierpreisschilder. Mit den Fahrrädern fuhren wir rasant auf den gesplitteten, vom weißen Staketenzaun eingefaßten Platz, daß es nur so knirschte.

In den Taschen unserer kurzen Hosen klimperten die wenigen Groschen; ging starker Wind, fiel das Pappschild mit den abgebildeten Eissorten um, und schon traten wir aus der Sommerhitze in den immer angenehm kühlen und düsteren Laden.

Während eines Sommerurlaubs bevorzugte ich die neben den Gläsern aufgeringelten, schwarz glänzenden Lakritzerollen.

Die feinen Gumminoppen der Geldunterlage ließen sich hin und her drücken, als fahre Wind in ein Kornfeld, und vom Luftzug der klingelnd ausfahrenden Kassenlade raschelte das Einmachpapier...

In diesem Geschäft machte meine Mutter eine Berufslehre als Verkäuferin, damals mag der Laden ähnlich ausgesehen haben.

Im hinteren Hausteil habe sich, neben den zwei Lagerräumen eine dritte Kammer befunden, deren Tor sich auf die Laderampe geöffnet habe. Dorthin hätten die Bauern ihre Waren geliefert, sie hätten sie von ihren Ladewagen gebuckelt und auf den Bretterboden der Rampe geworfen. Von dort habe sie sie in die Kammer schleifen und schleppen müssen, um zu wägen und zu registrieren.

Seien keine Kunden oder Lieferanten im Laden gewesen, habe im Geschäft eine feierliche Stille geherrscht, freundlich sei das Licht durch die gelblich getönte Scheibe der Tür gefallen, habe sich über den Linoleumboden bewegt. Einzige Arbeitskollegin sei eine knapp dreißigjährige Frau gewesen, die zudem für Mutters Ausbildung zuständig gewesen sei.

Im Frühjahr, sagt Mutter, im Frühjahr 1944 habe sie sich Arm und Gesicht verbrannt im Geschäft.

Im Lagerraum mußte sie Milchkannen auskochen, mit heißem Wasser, das sie auf einem Kohleofen erhitzt habe. Als sie den Deckel abgehoben habe, sei ihr zischend das kochendheiße Wasser entgegengespritzt. Zum Glück habe ihr sofort die Kollegin Gesicht und Arm mit einem öldurchtränkten Lappen abgewischt, sonst wäre ihre Haut schlimm vernarbt. Erst als man sie heimgebracht und ausgezogen habe, habe man gesehen, daß sich bereits hohe Brandblasen gebildet hatten, dazu seien ihre Augen zugeschwollen, bis sie gar nichts mehr sehen konnte.

Großmutter habe nachts eine Kerze in Mutters Zimmer brennen lassen.

In der fünften Nacht, morgens gegen drei Uhr, sei sie erwacht und habe erstmals wieder den Kerzenschimmer erkennen können. Sofort habe sie die ganze Familie geweckt.

Was soll man sonst erzählen von einer Berufslehre, fragte Mutter, wozu die langweiligen Stunden in der Berufsschule erwähnen oder die gelegentlichen peinlichen Zurechtweisungen durch einzelne unzufriedene Kunden?

Dem Konsum gegenüber, jenseits der ehemaligen Hauptstraße, steht, durch einen kleinen Garten abgegrenzt, das Spitzerhaus, das heute noch so aussieht, wie ich das Jochenhaus nur von Fotografien kenne.

Früher wohnte hier ein Mädchen, das zwei Jahre älter war als ich: Maria. Selten spielte sie mit uns beim Jochenhaus; einmal war ich alleine mit ihr im Schuppen des Onkels und hatte sie vergeblich zu küssen versucht.

Einige Jahre später – ich war vierzehn und trug meine Haare, was in Roith ungewöhnlich war, schulterlang – fuhr ich mit dem Damenrad meiner Tante gegen Abend am Spitzerhaus vorbei, und da trat Maria vom bekiesten Hausweg auf die Straße und winkte mir. Ich war zwar vorbei, drehte aber schwungvoll um und hielt knapp neben ihr.

Eine Weile redeten wir am Straßenrand, ich lässig auf dem Gepäckträger höckelnd, sie an einen bröckelnden Markstein gelehnt. Unmerklich dämmerte es, auf der Wiese standen Kühe wie Felsblöcke bis hin zum schwarz gegen den Himmel steigenden Wald. Maria trug einen violetten Minirock, hautfarbene Strümpfe, hochhackige, klobige Schuhe und eine eng spannende, blütenweiße Bluse.

Zum Haus gingen wir schließlich, weil andauernd Autos vorbeirasten und ich zurückweichen mußte – das glaubte ich zumindest.

Wir setzten uns auf eine Bank aus fasrigem Holz gleich neben dem Windfang. Eine von Nesseln und allerlei Gewächs verkrautete Wiese grenzte an den Nachbarszaun, irgendwo wurde eine Tür zugeworfen, und ich hatte das seltsame Gefühl, nun eingeschlossen zu sein.

Maria redete von ihrer Arbeit in Ischl, zog fröstelnd ihre schmalen Schultern hoch, verschränkte die Arme vor der Brust.

Natürlich hätte ich sie da umarmen sollen; aber das wußte ich erst später, viel später, als ich bereits bereute, es nicht getan zu haben.

Als mir ihr Gefröstel langsam auf die Nerven zu gehen begann, meinte sie plötzlich, wir könnten ins Haus gehen, es sei eh niemand da.

Vom Windfang gelangte man direkt in eine große, ordentliche Küche; schnell trat Maria an den Tisch, schaltete das Radio ein – tatsächlich war es unerträglich still gewesen in dem Raum.

Dann streifte sie ihre Schuhe ab; der eine kippte vom Teppich, beobachtete ich verstohlen. Fortan blieb Maria in Bewegung; erst stürmte sie in das angrenzende, völlig dunkle Wohnzimmer, drehte den Fernseher an, rief mich herein, lotste mich in einen steinharten Polstersessel und setzte sich selbst auf die Lehne, beinahe auf meine Knie. Ihr Minirock, sah ich aus den Augenwinkeln, rutschte hoch.

Gebannt starrte ich auf den Bildschirm. Jetzt war mir klar, daß ich sie küssen mußte; aber ihre entblößten Beine, ihr naher Busen ließen mich gefrieren, zu Eis geworden saß ich da, sicher, daß bei der geringsten Bewegung unzählige feinste Risse meinen Torso überziehen würden, bevor ich zerspränge, in tausend kleinste Eisstücke zerbröckelnd.

Nach nicht einmal fünf Minuten hatte sie genug; zuvor hatte sie sich noch hingebungsvoll auf der Lehne geräkelt, mit langsam kreisenden Handbewegungen ihre Beine massiert, dazu leise gesummt.

Ungehalten lief sie in die Küche, schaltete vorher, gezwungen lachend, den Fernseher aus. Ich folgte ihr, zersprang erstaunlicherweise weder beim Aufstehen, noch beim Gehen. Maria schloß eben mit dem Fuß den Eisschrank, auf dem Tisch standen zwei Joghurts; aufdringlich glänzten ihre lackierten Zehennägel rot durch den Spickel der Strumpfhose. Befreit schaufelte ich das stichfeste Joghurt in meinen kiesgrubentrockenen Hals, hatte die Hoffnung, daß jetzt alles überstanden sei. Als sie gar meinte, wir könnten ja noch ein wenig an die frische Luft, atmete ich auf, sprang vom Stuhl – die letzten noch gefrorenen Glieder tauten mit einem Schlag.

So beiläufig sie konnte, bemerkte Maria, sie müsse sich noch umziehen. Darin, und sie zeigte bedeutungsvoll auf ihren Mini, friere sie.

Nervös hörte ich sie im oberen Stockwerk umhereilen, barfuß.

Hatte sie umziehen gesagt oder ausziehen! Nicht mit mir, sagte ich halblaut, erschrak ob meiner krächzenden Stimme. Behutsam schlich ich zur Treppe, spähte hinauf. Angezogen kam sie in die Küche zurück, trug aber eine dunkle Manchesterhose unterm Arm, einen groben Wollpullover. Rasch stieg sie aus dem Rock, stand in Strumpfhosen neben dem Küchentisch. Ich gab mir Mühe, nicht hinzusehen.

An der Wand, die einen Neuanstrich dringend benötigt hätte, hing ausgerechnet ein Kalender mit einer Bikiniblondine, die sich in einem Liegestuhl dehnte und streckte.

Da, sagte Maria deutlich beherrscht, selbst genäht. Auffordernd streckte sie mir ihren Mini hin.

Schön, druckste ich, faltete den violetten Stoff und legte ihn auf die Tischplatte.

Aufreizend langsam schloß Maria den Reißverschluß ihrer Hose, gab sich Mühe mit Augenaufschlägen.

Hoffentlich, dachte ich, klemmt nicht dieser verdammte Reißverschluß...

Wir traten aus dem Haus in die kühle Nacht, und mir war, ich sei gerettet. Das Gefühl, versagt zu haben, kam erst später.

Auf der Bank sitzend schrieb sie mir ihre Adresse auf einen Zettel, notierte meine Anschrift in einem übervollen Blöckchen. Entschlossen schob sie mir eine Fotografie zu, da prasselten Kieselsteinchen gegen die Hauswand, ich sah mich um, blitzschnell tauchten zwei Köpfe in ein Gebüsch, glucksend lachend. Der eine war Rudi gewesen.

Beim Abschied nahm ich allen Mut zusammen, rückte näher und küßte sie auf die Lippen. Mit beiden Armen hielt mich Maria umklammert und preßte ihre Zunge in meinen Mund, bewegte sie wieselflink hin und her.

Mein Gott, dachte ich, was ist denn das?!

Ich schloß die Augen. Irgendwo in meinem Kopf explodierte weißglühend eine Bombe. Wir küßten uns ungefähr zehn Jahre lang, da prasselten erneut Steinchen gegen das Haus.

Auf dem Heimweg hatte ich das Gefühl, mein Körper sei knochenlos, das schwere Rad meiner Tante war mit einemmal leicht, federleicht. Jede Kranzumdrehung warf mich vorwärts, und bekanntlich gibt es Momente, da gelingt alles.

Also nahm ich Anlauf, sprintete ein kurzes Stück wie ein Rennfahrer, und das Fahrrad hob ab. Steil stieg ich in den Himmel, schwebte über den Talkessel. In höheren Luftschichten war es empfindlich kühl, weit unten leuchteten

Lichter in der Ebene. Gar nicht so bedrohlich wirkten die schwarzen Waldpartien von oben; eher schienen sie ein wogendes Meer zu bilden, das teilweise über die Bergränder schwappte.

Ich hatte die Lage quasi im Griff...

Viel zu spät kam ich nach Hause; in der Toilette zerriß ich Marias Foto zu kleinsten Schnipseln. Dann spülte ich. Das Bild sollte niemand finden.

Und ich wußte ja, wie Maria aussah...

Die Distanzen meiner Kindheit waren größer, der Himmel weiter, die Bergreihen auf der anderen Seite des Tales unerreichbar, obschon ich ja wußte, daß ich mühelos mit dem Fahrrad hinübergelangen konnte.

Die Landschaft wurde vor allem durch die unzähligen Feldwege bestimmt; Wege, die vielfach den Grundstücksgrenzen folgten, entlang endlosen Lattenzäunen, aber auch mal mitten durch Wiesen führten, in weiten Schlangenlinien, zwischen Buckeln hindurch. Ein Wegnetz, das sich über die Ebene erstreckte, sie erschloß, Häuser und Höfe verband und das wichtiger war als die asphaltierten Straßen. Ein Labyrinth, das sich überschauen ließ, zumindest bei Tageslicht.

Mit dem Fahrrad fuhr ich hinaus in manchen Abend, nahm einen Weg nach dem andern, schwenkte ein, beschleunigte auf Geraden, radelte saumselig um Stallungen, hielt an, lehnte an Zäune oder günstig stehende Baumstämme und pedalte weiter unter einem dunkel werdenden Himmel, auf schmalen Pfaden, die mir das Gefühl gaben, die Landschaft erobern zu können.

Problemlos, aus eigener Kraft...

Nicht viel ist übrig geblieben von den Wegen; daran ist nicht der zu früh gefallene Schnee Schuld. Die vormals großen Abstände zwischen den Häusern sind längst aufgefüllt mit neuen protzigen Gebäuden. Fünf Rohbauten zähle ich allein in der nahen Umgebung des Jochenhauses.

Durch die Umfahrung sind andere Straßen unnütz geworden, sie führen an das steile Bord der Schnellstraße, enden dort.

Mit jedem Schritt in dieser Landschaft wächst meine Irritation. Kennt man eine Landschaft, dann hat man ein Bild von ihr. An diesem Bild läßt man sich ungern herumkorrigieren. Eindrücke lassen sich nicht einfach so verändern, da muß schon Einschneidendes passieren, da muß heftig geruckt und gezerrt werden, bis so ein Kopfbild ins Wanken gerät.

Kocht Tante Bertha, verbreitet sich langsam ein derart unverschämt nahrhafter und köstlicher Duft in der Wohnung, daß man bloß den einen Wunsch hat: sich sofort an den gedeckten Tisch zu setzen. Das war schon früher so.

Ihr mit dunkler Schokolade durchwirkter Gugelhupf war mein erklärtes Lieblingsgebäck. Buk sie eines dieser rosinengespickten, mit reichlich Puderzucker bestäuben Meisterstücke, dann eigens für mich. Ich glaube, als Kind war ich ihr Liebling...

Zu Mittag ißt heute die jüngere Tochter von Cousin Peter mit uns; ihre blaue Schulmappe lehnt an einem Schaft. Die Anwesenheit von Kindern verunsichert mich: bei Gesprächen unter Erwachsenen wird mir jeweils unwohl, wenn ich die ausgeschlossenen Kinder verlegen mit Messer und Gabel hantieren sehe. Ich versuche, das Mädchen in ein Gespräch über die Schule zu verwickeln, etwas anderes fällt mir nicht ein, aber sie weicht aus, nippt an ihrem Mineralwasser, neckt die Katze mit einem herumliegenden Bleistift.

Ich hole Bier im Keller.

Hohe Stufen winden sich steil um einen Ziegelvorsprung, führen in das weißgekalkte Kellergeschoß, das kein Licht hat: ein finsteres Loch. Im Dunkeln wird die kleine, mit Harassen und Regalen überstellte Kammer zu einem geräumigen, verwinkelten Gewölbe. Ich mache nicht die Taschenlampe an, das Bier steht am Fuß der Treppe, linkerhand

Was kann man sich nicht alles vorstellen, bei geschlossenen Augen; käme nicht die Angst hinzu, wäre Dunkelheit Garantie für Gedankenreisen...

Auf dem staubigen Platz vor dem Jochenhaus hat mir Tante Bertha das Radfahren beigebracht.

Entschlossen hatte sie ihr eigenes Rad – eines der alten, massiv gebauten Sorte mit schwerem, schwarzem Rohrrahmen, Weißwandreifen, gefedertem Ledersattel und den eigenartigen farbigen Plastikschnüren, die sich von der Nabe des Hinterrades aufgefächert zum Gepäckträger spannten – entschlossen also hatte sie ihr Fahrrad aus dem Schuppen geschoben, bis zu einem ihr günstig scheinenden Startplatz. Aus offenem Fenster im ersten Stock lehnten die Eltern, in der Mitte stand meine kleine Schwester auf dem Sims und winkte. Ihr Arm bewegte sich heftig auf und ab, schwenkte energisch; in der Hand hielt sie ein großes, gelb-blau getupftes Taschentuch.

Dieses ganze Getue fand ich überflüssig, störend. Ich saß ja noch nicht einmal im Sattel.

Wenigstens hielt ich die Lenkstange, drückte fest den Plastikgriff, prüfte Vorderbremse und Klingel.

Während der ersten wacklig gefahrenen Runden hielt Tante Bertha den Sattel, gab, während sie schnaufend hinterher rannte, weitere wichtige Anweisungen.

Dann ließ sie los, und ich fuhr alleine.

Das Gewinke der Schwester verstand ich jetzt eher; stolz hob ich die eine Hand, winkte zurück. Das Prinzip des Rücktritts hatte ich verstanden; ich schwenkte vom Hof, nahm den einen Weg.

Rund um mich war der ganze Sommer; konzentriert auf diesen Augenblick. Die Landschaft verlor an Weite, sie war verfügbar, sie gehörte mir. Es war mein Leben, das da anfing, glaubte ich, tapfer und forsch tretend. Ich bin nie so klug gewesen wie in dem Moment, war mir nie näher...

Blödsinn!

Wie schön alles wird, aus genügend Distanz besehen, wie reibungslos alles ineinandergreift. Sollte ich nicht auch – um beim Bild des Radfahrens zu bleiben – Wundschorf an Knien und Ellbogen erwähnen, aufgerissene Haut, Nasenbluten...

aber das kam erst später. Ich nahm den einen Weg und pedalte los, hoffte, es komme keiner entgegen, da ich die gesamte Breite des Weges benötigte. Nach längerer Fahrt, bleischwer waren die Beine, ging mir erst das Problem auf: wenden konnte ich auf dem schmalen Weg unmöglich, und anzuhalten traute ich mich ebenfalls nicht. Angestrengt überlegte ich, welche der Abzweigungen denn zurückführen könnte... Nach einer Stunde, mein Vater hatte die Zeit gestoppt, kam ich, mit hängendem Kopf, zurück. Alle liefen aus dem Jochenhaus, man hielt das Rad, damit ich absteigen konnte.

Ich ließ mich aus dem Sattel in den Staub fallen. Oben, am Himmel, hatten sich Wolken zusammengezogen, den schönen Sommertag in einen düsteren, gewittrigen Abend verwandelt.

Und dann lachten wir; Vater hob mich auf, eigenhändig stellte ich das Fahrrad in den Schuppen, bohrte tief den Ständer ins Sägemehl und drückte das Vorhängeschloß an der Schuppentüre zu...

An eine mögliche Dimension seiner selbst sich erinnern, an die Kindheit! Groß, stark und absonderlich waren damals die Wünsche und Erwartungen.

Machbar war alles und nichts.

Fahrräder genügten mir bald nicht mehr; stundenlang bat ich Onkel Johann, mit seinem Moped fahren zu dürfen. Mit dem handgeschalteten Dreigang-Puchmoped fuhr ich kreuz und quer durch Roith, preschte ins Städtchen.

Gierig, voller Hunger nach etwas, das ich nicht hätte beschreiben können. Eine diffuse Unruhe hatte meinen Körper erfaßt. Der Fahrtwind um mein Gesicht kühlte, aber er vermochte nicht diesen Mordshunger zu besänftigen.

In Rudis Schuppen lagen wir am offenen Fenster und sahen hinaus in schwülheiße Sommernachmittage. Von Mädchen redeten wir, ließen uns auf Vermutungen ein, denn was wußten wir schon; die älteren Jungen gaben sich, als hätten sie alle Erfahrungen bereits gemacht. Nur: einweihen wollten sie uns nicht; so lagen wir auf der Matratze, straff spannte sich ein blauer Himmel über den Landstrich, heiß brannte die Sonne auf unsere Arme, daß es schmerzte.

Dazu kam Wut; überall ahnte ich mißgünstige Feinde, roch ich Verrat.

Mit heulendem Motor raste ich gegen Ischl, und da die um mich krebsenden Feinde und Gegner nicht auszumachen waren, richtete sich die wachsende Wut gegen mich selbst.

Den Gashebel voll aufgedreht, traktierte ich den harten Gegenwind mit Schimpftiraden, gemeinsten Beleidigungen.

Alles auf mich gemünzt.

Ich haßte mich; außer mir bot sich ja auch keiner an, mit den Eltern kam ich aus. Ich war ein leichtes Ziel, ein dankbares Opfer.

Versuche, die Wut zu stillen, scheiterten:

An einem warmen Abend fuhr ich durch Roith, ausnahmsweise langsam, mit gedrosseltem Motor, im zweiten Gang. In den Wiesen standen Wasserpfützen, kleine Seen, denn zuvor hatte es tagelang geregnet, aus einem engen grauen Himmel.

An diesem Abend schwang das Wetter um. Mit der einen Hand nestelte ich in der Tasche meines Parkas, und plötzlich hatte ich eine Kastanie in der Hand: Sie fühlte sich gut an, und warm. Vor mir tauchte eine große Scheune auf, in der Gebäudemitte eingelassen ein winziges, quergesproßtes Fenster, daneben ein Werbeplakat der Kronen Zeitung, schwarzrot gedruckt: *Roith liest die Kronen Zeitung*.

Wie gemütlich ich durch diese genügsame, in der Dämmerung verschwindende Landschaft kroch, ich Lahmarsch!

Mit der Wut kam der Gedanke, die Kastanie vom fahrenden Mofa in die kleine Scheibe zu schmettern – du triffst ja doch nicht, dachte ich und gab wild Gas.

Wie es Momente gibt, in denen nichts gelingt, gibt es andere, in denen alles glückt.

Ich hob mich aus dem Sattel, nahm Schwung und warf; warf mit aller Kraft und Wut die vom Kneten warme Kastanie. Ich traf in die Mitte der verdammten, winzigen Scheibe, als sei es ein Kinderspiel!

Aber die Wut, die blieb.

Aus irgendeinem Grund gab es Streit; jedenfalls trat ich gegen einen wesentlich älteren Burschen zum Zweikampf an; um uns standen die anderen, darunter etliche Mädchen. Locker und siegessicher ließ der Gegner noch einige Sprüche los, kanzelte mich ab mit Worten. Muß ich erwähnen, daß ich ihn, nach kurzem Kampf, auf den Rücken legte, und zwar ohne Tricks oder Kniffe, einfach mit Kraft? Ein wenig erstaunt hockte ich auf ihm, drückte seine Schulterblätter in den Staub und blickte in betretene Gesichter. Mich hatte ja keiner angefeuert, im Gegenteil.

Mach sie fertig, die Sau!

Gib's ihm, dem Lacken!

Und jetzt saß ich auf ihm; seine Jacke wurde von einem Mädchen gehalten, meine lag unbeachtet auf einem Holzstoß. Ich stand auf, zog meinen Gegner hoch, klopfte ihm den Staub von den Kleidern. Zu meinem Sieg gratulierte keiner.

Und die Wut, die blieb.

Beharrlich arbeitet Onkel Johann an den Zeichnungen für die Glöcklerkappen.

Die Themen haben sie vorher abgesprochen; bei schwierigen Details zieht der Onkel Bildbände bei, aus denen er geschickt abzeichnet. Wie früher bin ich als stummer Zuschauer geduldet; Johanns Hornbrille, die er bei Nichtgebrauch blitzschnell im Etui verschwinden läßt, rutscht ihm immer wieder von der Nase, unterbricht einen angesetzten Strich.

Lustlos blättere ich in einer Illustrierten. Damals, in meiner Kindheit, war Tante Bertha Mitglied im Lesezirkel. Man bekam vielleicht zehn verschiedene Hefte, in einen ockerfarbenen, strukturierten Karton gebunden, behielt die Sendung einige Tage im Haus, ließ sie weiterzirkulieren; Kreuzworträtsel löste man mit Vorteil mit Bleistift. Auf diese Weise wurden ganze Landstriche beliefert und unterhalten; in allen Häusern wurde in Illustriertensammlungen geblättert, Abend für Abend. Heute flackern Bildschirme hinter den Gardinen, auch das Radio hat an Bedeutung verloren.

Tante Bertha besucht eine ihrer Schwestern, die im Ort wohnt.

Von den sieben Geschwistern meiner Mutter kenne ich die wenigsten; während der Ferien wohnten wir stets nur im Jochenhaus.

In einem Fotoalbum, das mir Mutter zeigte, tippte ich mit dem Finger auf eine Aufnahme mit gezacktem Rand, auf der sie, im Hochformat, als junges Mädchen neben ihrem Bruder steht. Im Hintergrund steigt eine sanfte, mit kleinen Tannen bewachsene Wiese gegen den oberen Bildrand. Der scheu lächelnde junge Mann, der seine Hände auf dem Rücken versteckt hält, trägt eine Wehrmachtsuniform; hell reflektieren Gürtelschnalle und Reichsadler auf der steifen Mütze.

Das, erklärte Mutter, ist mein Bruder Franz, während eines Urlaubs, im Sommer 1942. Es war das letzte Mal, daß ich ihn sah.

Ein Jahr später kam eine Todesanzeige, von der sich aber herausstellte, daß sie einen gleichnamigen Mann aus einer Nachbargemeinde betraf.

Wie froh und dankbar wir damals waren, daß offensichtlich dieser Mann und nicht unser Bruder gefallen war... unbeschreiblich, aber so war es.

Von Franz erhielten wir letztlich nicht einmal eine Todesanzeige...

Von ihren Brüdern erzählte Mutter auch früher oft. Im Winter hätte sie mit den Brüdern eine Eisfläche angelegt, möglichst nahe beim Haus. Stundenlang hätten sie Eisstockschießen geübt, hätten immer wieder die Stöcke über das holprige Eis schlittern lassen. Jeden Abend hätten sie neu die Bahn gegossen, die Eisstöcke sorgsam im Schuppen aufgeschichtet.

Auch seien sie jeden Sonntag losgezogen, machmal alle Geschwister zusammen, um Schlitten zu fahren. Die Brüder seien jeweils bis spät in die Nacht im Schuppen gestanden und hätten die Kufen geschliffen und poliert.

Seien sie abends zurückgekommen, seien die Röcke der Mädchen derart steifgefroren gewesen, daß sie starr und wie ein Brett von ihnen abstanden.

Überhaupt sei jeden Winter so viel Schnee gefallen, daß Wege und Straßen von meterhohen Schneewächten gesäumt gewesen seien. Das Straßen- und Wegnetz habe eher einem »Kanal«-Netz geglichen...

Im Bett liegen, die Füße – es ist kalt – unter der zu einem Wulst ans Fußende geschobenen Decke und lesen. Lesen kann sein wie in eine aufgefaltete Landkarte sehen: Ist es da ein Wort, das eine Vorstellung auslöst, ist es dort eine feine, geschwungen über das laminierte Papier laufende, durch den einen harten Falz führende blaue Linie, und schon hat man das Bild eines träg durch die satte Landschaft fließenden Stromes vor sich, zählt die angepflockten Weidlinge.

Phantasie: Alles läßt sich in eine eigene innere Realität umwandeln. So wurde der harmlose, nicht einmal dichte Wald nahe beim Jochenhaus zu undurchdringlichem, geheimnisvollem Dschungel, durch den Rudi und ich Pfade schlugen, oder die im Bau befindliche Schnellstraße wurde kurzerhand zur Stadt: graue, glatte Betonfassaden gaben Hauswände, Häuserschluchten, Verschalungswände wurden Lagerschuppen.

Daß man auf diese Weise die Realität hinter einer Scheinwirklichkeit versteckt, war uns damals nicht klar. Wir erwachten, als wirklich diese möderische, häßliche Schnellstraße die Landschaft entzweischnitt...

Am späten Nachmittag mache ich mich auf den Weg, um die Milch zu holen.

Enttäuscht, im Schuppen nicht die alten, schweren, schwarzlackierten Fahrräder vorzufinden, sondern zwei leichte, buntfarbene Kaufhausräder mit Klebern auf der Klingel, gehe ich zu Fuß.

In schöner Regelmäßigkeit in die Erde gelassene Zaunpfähle verlieren sich in zunehmender Dunkelheit; nicht einmal das nächste Haus kann man erkennen. Kommen Fahrräder oder Fußgänger entgegen auf dem schmalen Weg, kann ich sie erst knapp vor mir ausmachen, deshalb gehe ich ganz am Wegrand, mit dem einen Fuß im Tiefschnee.

Es ist Tradition, die Milch von dem kleinen Hof zu beziehen, den die Großeltern seit 1962 bewirtschaften; aus dem tristen Himmel sinken ineinander verhängte Flocken.

Dreimal die Woche fuhren meine Schwester und ich diesen Weg; das Bauerngut, das Wohnhaus, Stallungen, Ackerland und Wald umfaßt, liegt im jenseitigen Tal von Roith, nahe beim Fluß.

Fuhren wir einen geringen Umweg, überquerten wir zwangsläufig den Hinterhof einer Schuhfabrik; die unter einem Wellblechdach angeketteten Container durchwühlten wir nach Lederresten. Ich stemmte den schweren Deckel auf, meine Schwester zwängte ihren Arm in den schmalen Spalt, grub nach brauchbaren Schnittresten.

Den Bauernhof verbindet eine Wagenspur mit der Straße; die zwei handbreiten Spuren laufen, von gewissenhaft geschnittenen Hecken und einigen Trauerweiden gesäumt, in sanften Kurven durch eine leicht abfallende Matte. Das kleine, blaßblau gestrichene Haus mit Windfang an beiden Giebelseiten steht inmitten einer lieblichen Umgebung: nicht zu hohe, jedoch dichte Laubbäume spenden Schatten, Holunderbüsche grenzen das weichbucklige Gelände gegen den anstoßenden Acker ab, unter den Bäumen eine Sitzbank, ein knapp bemessener Tisch.

Ein Ort, zu bleiben.

Zwischen Haus und Hof liefen Hühner umher, und wenn wir die letzten Meter fuhren, bewachte bereits Prinz, der riesige Hund, das mit Blumentöpfen umstellte Vorhaus. Meist waren die Großeltern im Stall; öffneten wir die Stalltür, tauchten ihre Köpfe auf zwischen Kuhleibern, verschwanden nach kurzem Gruß erneut zwischen den braunen Rücken.

Im Vorhaus stand auf der Bank schon die volle Milchkanne, die wir durch die mitgebrachte leere Kanne ersetzten. Fuhr ich alleine hin, setzte ich mich einige Minuten auf die von der Abendsonne warme Bank im Windfang. Stieß man die Tür zum Korridor auf, konnte man durch das Haus und die Fenster des gegenüberliegenden Vorhäuschens hinaus sehen in ein weites Feld. Eine Landschaft ohne jeden Fixpunkt, bloß die Bäume und Büsche entlang des Flusses teilten die fein abgestuften grünen Räume, sonst half kein Telefonmast, kein Schuppen dem Auge.

Ein Haus, in dem alles seine Zeit kannte.

Besuchten wir die Großeltern mit den Eltern, saßen wir in der engen Stube in gemütlichen Sesseln; hatte es geregnet, mischte sich der Geruch unserer feuchten Mäntel, die in der Diele hingen, mit dem beißenden Aroma der krummen Zigarren, die Großvater rauchte.

Während dieser Besuche geschah alles verlangsamt; jede Bewegung bekam Bedeutung, kein Wort zuviel wurde gesprochen, gemächlich zog der bläuliche Zigarrenrauch aus den winzigen Fenstern hinaus in eine bewegungslos ums Haus sich erstreckende Landschaft.

In diesem Haus waren Pausen erlaubt; minutenlang schwiegen wir, saßen einfach in den grünen Stoffsesseln, streckten die Beine; an der Wand tickte die gewaltige Uhr.

In der Zimmerecke stand der Radioempfänger, ein großer Röhrenapparat mit riesigem Lautsprechertopf, beleuchteter Sucherskala, das Gehäuse aus lackiertem Holz, poliert, daß es spiegelte, die Stoffabdeckung vor dem Lautsprecher ockerfarben, mit eingewobenem Firmensignet.

Fiel unser Besuch auf den Sonntagnachmittag, hörten wir Hörspiele; dann rückte Großvater das Radio gegen die Raummitte, plazierte die Sessel um; leise rauschten die

Vorhänge, bauschten sich im Wind aus den Fenstern...

Auf dem letzten, völlig zugeschneiten Wegstück gleite ich wiederholt aus; wären nicht beidseits die weißen Hecken, ich fände kaum zum Haus.

Auch im Stall brennt kein Licht.

Bevor ich den Windfang erreiche, schlägt ein Hund an; ein giftiger kleiner Spitz, den Tante Bertha beiläufig erwähnt hat. Das Vorhaus ist nicht abgeschlossen, die Tür zum Korridor steht offen; der Hund wird im Wohnzimmer eingesperrt sein. Auf Anhieb ertaste ich den Lichtschalter; schräg kann ich in die Küche sehen. Der Klinkerfußboden ist mit schmelzenden Schneetritten übersät, dazwischen türmt sich frischgewaschene Wäsche, im Hintergrund leuchtet rot die Kontrollampe des Thumblers. Bei jedem Schritt, den ich tue, kläfft von neuem der Hund los, jetzt beginnt er, an der Stubentüre hochzuspringen, scharf kratzen Krallen über das weißgestrichene Holz.

Großmutter ist nicht da, ich unterlasse es, im Stall nachzusehen; eine Weile stehe ich in der dunklen Küche zwischen den Wäschebergen, sehe durch die Fenster in den Schnee, der in der Dunkelheit leuchtet.

Eiskalt ist das Metall der Milchkanne, die wie früher im Vorhaus steht.

Bevor ich das Licht ausdrehe, sehe ich ein gerahmtes Foto meines Großvaters an einer Wand hängen. Das schmale, samtene Trauerband ist verrutscht; beinahe senkrecht spannt es sich über den Holzrahmen.

Mein Großvater starb 1974.

Als ich das Licht lösche, schweigt mit einemmal der Hund; still gehe ich aus dem Haus, ziehe geräuschlos die Türe zu.

Meine Fußspuren sind fast zugeschneit; recht so, denke ich und werfe einige harte Schneebälle nach einem Strommast, ohne ihn einmal zu treffen.

Zu behaupten, ich kennte meine Großmutter, wäre übertrieben. Bei meinen Besuchen sprachen wir kaum miteinander;

selten küßten wir uns auf die Wange, wortlos drückten wir uns die Hand, winkten uns lange nach.

Mein Großvater soll aufbrausend, jähzornig gewesen sein, ganz im Gegensatz zu Großmutter. Sie sei gutmütig, manchmal beinahe zu nachgiebig den Kindern gegenüber gewesen, sagt Mutter; verwöhnt allerdings seien sie nicht worden, dafür habe weder Zeit noch Geld gereicht. Nie habe sie ihre Mutter gesehen, ohne daß sie gearbeitet hätte; neben der Hausarbeit sei das Land zu bestellen gewesen, wobei der vom Forst gepachtete Grund eine Stunde Fußmarsch entfernt gewesen sei. Und da Großvater wochentags als Holzfäller im Wald gearbeitet habe, sei er keine große Hilfe gewesen auf dem Feld. Sonntagnachmittags habe Großmutter ab und zu Zeit gefunden für sich selbst; meist habe sie dann gelesen. Oder sie habe Geschichten erzählt; aus der Nachbarschaft seien die Kinder gekommen, um zuzuhören. Auf dem Küchenboden seien sie eng beieinander um Großmutter herum gesessen, sagte Mutter. Ohne zu stocken habe sie erzählt, habe alle die Zeit vergessen lassen.

Ich habe Großmutter nie eine Geschichte erzählen hören; zu groß war die Distanz, zu groß wohl auch die Angst vor der fremden Sprache. Ich wäre ein guter Zuhörer gewesen.

Großmutter sitzt auf einer Bank, mit übereinandergeschlagenen Beinen, die weißen Haare zu einem Knoten aufgesteckt; Mutter hatte mir diese Fotografie zugeschoben, quer über den Tisch, konnte sich nicht an den Aufnahmeort erinnern.

Scheu lächelnd blickt Großmutter am Betrachter vorbei, so, daß man sich unweigerlich von ihren Augen beobachtet fühlt, zu Unrecht wohl. Dünn und weiß ragen ihre Arme aus den weiten Ärmeln des dunklen Kleides; was nicht zu dieser Aufnahme paßt, ist Großmutters linker Arm.

Locker liegt er auf der Lehne der Bank, weitabgestreckt vom Körper, mit entspannt gespreizten Fingern; nicht zu vereinbaren mit dem verlegenen Gesichtsausdruck, den züchtig aufeinandergepreßten Beinen.

Die Tische in der Nähe der Theke sind bis auf den letzten Stuhl besetzt; im hinteren Teil der Schankstube beim Roitherwirt sitzt kein Gast; die Serviererin muß uns erst das Licht anzünden. Mit einem feuchten Lappen wischt sie über die Tischplatte, ordnet die Speisekarten, nimmt unsere Bestellung auf.

Von meinem Platz sehe ich die Trachtenmusiker an ihrem Tisch sitzen; dauernd prosten sie sich zu, heben die Weingläser, stoßen an; dann setzt wieder einer sein Blasinstrument an die Lippen, beginnt ein Lied, sofort greifen alle anderen zu ihren Instrumenten, stimmen ein. An ihrem Nebentisch schunkeln die Leute im Takt, klatschen begeistert, spendieren neuen Wein: eine fröhliche Runde, eine lärmige Runde.

Einer der Musikanten, ein fetter junger Mann mit knallrotem Gesicht, dessen grüner Filzhut schräg auf dem Hinterkopf sitzt, winkt Rudi, schreit, wir sollen uns doch auch zu ihnen setzen. Fragend sieht mich Rudi an, ich sage, aber dort können wir ja kein Wort...

- Ein andermal, ruft Rudi und schüttelt den Kopf.

Die Musikanten spielen ein weiteres Stück, der dicke Mann bläst mit runden Backen seine Trompete, daß die Gläser klirren.

- Ihr in Zürich spinnt ja ganz schön, sagt Rudi; ich weiß zuerst nicht, was er meint.

- Im Fernsehen haben sie einige Male Aufnahmen aus Zürich gezeigt. Wie im Krieg hat's dort ausgeschaut, nicht? Horden von maskierten Jugendlichen haben randaliert, Scheiben eingeschlagen, Barrikaden angezündet und auf der anderen Straßenseite die Polizisten im Kampfanzug; die Gewehre seien für die Gummigeschosse gewesen, haben sie im Fernsehen gesagt. Was soll das? Ich verstehe das nicht...

Bevor ich antworten kann, fährt Rudi fort; ich zerbrösle einen Bierdeckel, da er feucht ist, brauche ich keine Kraft dazu.

- Was wollen die überhaupt? Oder gehörst du dazu?

Nächstes Frühjahr heirate ich, im Sommer beginnen wir mit

dem Hausbau, das Grundstück besitzen wir schon. Da haben wir immer zu tun, da bleibt keine Zeit für dumme Gedanken!

Rudi lacht; ich nicht.

- Würde ich hier wohnen, wäre ich hier aufgewachsen, würde ich wohl auch nicht verstehen, was dort vor sich geht.

- Ja, meinst du, hier sei alles in Ordnung?

Jetzt lache ich:

- Siehst du!

Längst haben die Musikanten ihre engen Trachtenkragen geöffnet, die grünen Krawatten gelockert; eine Posaune liegt auf dem Fußboden, wirft hell und spiegelnd das Licht zurück.

Von Onkel Johann weiß ich, daß allein nahe dem Jochenhaus drei alte, jedoch gut erhaltene Häuser leerstehen, die spottbillig zu mieten wären.

- Wieso baut ihr eigentlich ein Haus. In Roith gäbe es genug leere Wohnungen, sogar Häuser?

- Warum, warum! Warum nicht? Ich will halt mein eigener Herr sein, zumindest zu Hause. Und dann ist es so üblich hier; früher oder später baut jeder sein Haus.

Ich warte auf den Moment, bis die Serviererin in unsere Richtung blickt, und winke ihr, um zu bestellen.

Mit Rudi redet sie über das schlechte Wetter, den zu früh angebrochenen Winter.

- Und wenn ihr euer Haus habt, und du willst plötzlich wegziehen. Weil es dir hier nicht mehr gefällt. Weil du keine Arbeit mehr hast. Was dann mit euerm Haus?

- Hier wegziehen? Weißt du, mir gefällt es in Roith, hier bin ich aufgewachsen, hier habe ich meine Freunde. Diese Landschaft kenne ich, diese Gegend liebe ich. Warum sollte ich da wegziehen?

Jetzt singen die Musikanten; auch die anderen Gäste tun mit: Ich verstehe kein Wort des Textes.

Bin ich derart fremd.

Was stelle ich Rudis Weltbild in Frage; ist es nicht bloß Neid, Eifersucht auf seinen Satz, er habe hier seine Heimat. Ich beneide ihn um sein Eingebundensein in diesen Landstrich, in die Bräuche und Sitten.

Und wo sind meine Ideale. Woran nehme ich teil.

Gleichzeitig macht mir diese enge Verbundenheit Angst; sein blindes Vertrauen in die Tradition, in den Lauf der Dinge.

Er heirate, sagt Rudi, in der hiesigen Tracht; darüber lache ich zuerst. Wieso aber. In dieser Tracht haben bereits sein Vater und sein Großvater geheiratet, was ist schlecht daran, was lächerlich.

Ich mißtraue allem, grundsätzlich.

Sagen können, dies ist meine Heimat. Hier gehöre ich hin. Dieses Verlangen nach Heimat, nach einem Heimatland.

Eine Landschaft, ein Haus haben, das man kennt, weil man darin groß geworden ist, weil man damit alt wird, weil man sich darin bewegt hat ohne schlechtes Gefühl, ohne Vorurteil auch.

Aber wie mir meine Umgebung fremd ist, sind meine inneren Landkarten größtenteils weiß; nicht viel ist da vermessen und verzeichnet, wenige Gebiete kenne ich, und das ist schlecht. Wie soll man sich da kennenlernen.

Woher diese Kälte, diese Mutlosigkeit.

Auf der Toilette werfe ich eine Münze in den Präservativautomaten; als nützte das etwas, sage ich in den quadratischen Spiegel. Das blaue Päckchen mit dem goldenen Aufdruck: »Prophylactica, Super Feucht-LP m. Res., pneumoelektronisch geprüft« zerknülle ich, werfe es in den Abfallbehälter.

Über die Kacheln um den Spiegel läuft ein kleiner Käfer; würde ich ihn töten, erschlüge ich ihn nicht mitten auf einem dieser polierten, weißglänzenden Keramikquadrate: Ich zerdrückte ihn in einer dieser gekitteten Fugen... Nun sitzt Rudi am Tisch der Trachtenmusik; gemeinsam singen sie ein Lied, allein setze ich mich an unseren Tisch, lese übertrieben aufmerksam die Speisekarte.

Rudi fährt schnell auf der schmalen, von tiefen Schlaglöchern zerrissenen Straße; laut spritzt das Wasser unter die Kotflügel seines VW-Käfers.

Ich hatte mich schließlich doch noch an den Tisch zu den Musikanten gesetzt, hatte gar, zum Gaudi der Runde, versucht, auf einer Trompete zu spielen: mit hochrotem Kopf war ich dagesessen und hatte geprustet, mit geringem Erfolg.

Jetzt bin ich betrunken; vor uns fährt ein Motorrad, Rudis Scheinwerfer beleuchten das Nummernschild, lassen das rote Katzenauge aufblitzen. Schließt er zu nahe auf, spritzen feine Dreck- und Schneeschlieren an die beschlagene Scheibe.

Die Augen schließen, und da sind sie, die Bilder…

… zusammengebundene Stauden lagen entlang der Straße, auf einem nicht asphaltierten Teilstück zogen wir eine deutlich sichtbare Staubwolke hinter uns her.

Vater fuhr zügig auf der kurvenreichen Bergstraße, nicht schnell; überholten wir Autos oder landwirtschaftliche Fahrzeuge, scherte er langsam aus, zog rasant vorbei, drehte das Gas auf, daß der Motor blubberte.

Stark dufteten die überholten Heuwagen; einzelne Halme wurden vom Luftzug aus der Ladung gerissen, tanzten auf die Straße.

Ruhig saß ich im Seitenwagen, und anders als bei den langen Bahnfahrten nach Österreich langweilte ich mich nicht.

Den rechten ausgestreckten Arm ließ ich die Fahrtluft durchschneiden; winkelte ich die Hand leicht ab, riß es mir den Arm fast nach hinten, drückte ihn zumindest nach unten, gegen das Metallgehäuse des Seitenwagens; aber die leicht gewölbte Scheibe schützte uns vor dem Wind, am Straßenrand neigten sich Büsche, wenn wir vorbeifuhren, Kies spritzte gegen die Schutzbleche.

Zwischen Innsbruck und Salzburg sangen wir ein Lied, die Worte riß es uns aus dem Mund, da konnten wir noch so schreien, der Text wurde weggetragen.

Wir waren ein kleiner Punkt, der sich durch die Landschaft bewegte, unaufhaltsam auf das Jochenhaus zu.

In Salzburg besichtigten wir Mozarts Geburtshaus; das Motorrad stellte Vater unmittelbar ausgangs der Gasse neben unzählige Fahrräder und kleine Mopeds. Stolz stieg ich aus dem Seitenwagen, schwang die Arme, vertrat mir die Beine, nahm endlich den Helm ab: So hätten mich die Schulkameraden sehen sollen...

Am späten Nachmittag fuhren wir weiter, nahmen das letzte Wegstück; ruhig und sicher fuhr Vater durch die Innenstadt. An einem Brunnen in Salzburgs Außenbezirk hielt er an und reinigte die Scheibe des Seitenwagens, befreite sie von den zerplatzten, verschmierten Insektenkörpern...

Als ich aufwache, ist es kühler als sonst im Schlafzimmer. Durch die Jalousien dringt milchiges Licht; ein feißer, annähernd voller Mond hängt über der bewaldeten Bergkuppe, die als sanfte schwarze Rundung zum graublauen Himmel kontrastiert.

Träume gibt es, die vermögen einen aus dem Schlaf zu stoßen. Andere machen Schlaf aus, sind Schlaf...

Auf dem Stuhl die Kleider: eine dunkle Erhebung; auf dem Nachttischchen glänzt mein Brillengestell, die Gläser werfen das schwache Licht zurück.

Der Traum hemmt Bewegung; klamm umschließt mich das Laken, zentnerschwer drückt die Bettdecke, mein Atem bläht Zimmer und Haus.

Mit meinem Vater und Onkel Johann befand ich mich auf einer Bergtour. Im Gegensatz zu den beiden trage ich berguntaugliche Kleidung, es stört jedoch niemanden. Die Landschaft ist von zahllosen Moränenhügeln bestimmt; verstreut lecken Schneereste ins dürre Gras.

Kein Ton ist in dieser Landschaft, kein Geruch. Selbst die Farben erscheinen fahl und blaß.

Hinter einem Fels schlage ich spreizbeinig Wasser ab, der Urin brennt ein zerfranstes Loch in Schnee.

Leise lache ich in mich hinein, das höre ich.

Linkerhand überqueren Vater und Onkel eine abfallende Halde; zuerst aber sehe ich den Wolf, der sie angreift. Mit langen Sprüngen hetzt er in ihre Richtung, weiß blitzen seine Zähne. Nein, ich warne sie nicht; sie werden ihn bestimmt bemerken. Während ich am Reißverschluß fingere, wird offensichtlich, daß sie den Wolf jetzt gesehen haben, und nun treiben sie ihn mit gezielten Steinwürfen davon.

Genau auf mich zu.

Der Wolf bemerkt mich und stutzt auf seiner Flucht. Weiterhin zielgenaue Steinwürfe, dahinter die unbewegten Gesichter der Werfenden.

Die letzten Meter nimmt der Wolf mit einem gewaltigen Sprung.

Verbeißt sich in meine linke Halshälfte.

Seine Krallen, die meinen Rücken zerfetzen, spüre ich unwesentlich. Der geringe Schmerz konzentriert sich eindeutig auf Hals und Schulter – in diesem Augenblick glaube ich, überleben zu können.

Vater und Onkel laufen auf mich zu, entsetzt erkennen sie, was ihre Steinwürfe bewirkten.

Deutlich pocht jeder Herzschlag, ich spüre die Schläge im Kopf, den Beinen, im ganzen Körper, da kommt Ton und Geruch in die Gegend, erhält der bis anhin bleiche Landstrich satte Farben.

Sicher ist selbst nicht der Tod…

Der Morgen danach ist zu hell; das Licht sprenkelt die Kacheln, die um das Waschbecken in die Wand eingelassen sind und fällt gleißend in den Spiegel. Zumindest ist alles an seinem Platz.

Ordnung im kleinen kann durchaus beruhigen manchmal, zumindest morgens, nach dem Chaos der Nacht.

In wenigen Stunden wird das anders sein, wird mich die wohlgeordnete Umgebung einengen, werde ich krampfhaft suchen nach etwas, das querliegt, einem, der gegentritt.

In dieser Ferienlandschaft hat es nie offene Ausblicke gegeben; keine gegen den Horizont sich wellenden Gras- und Feldteppiche.

Immer schnitt etwas die Aussicht ab: Baumgruppen, Häuser, vorwiegend natürlich Berge, ihre schroffen Wände, spärlich mit Büschen durchsetzten Schründe nichts als unverrückbare Grenzen, endgültige Schranken, Blickversteller. Keine zwanzig Kilometer entfernt ebnet sich das Land, wird flach gegen Wien hin, grenzenlos flach, daß sich die Blicke verlieren...

Freien Ausblick hatte ich, wenn ich mich, rücklings, ins Gras legte und den treibenden Wolken nachsah.

Gegenheimat. Dritter Entwurf

Ohne dich umzusehen, gehst du hinein in diesen Park; leise knirschen die Steinchen auf dem Kiesweg, der sich bald als Hauptachse der gesamten Gartenanlage herausstellt.

Auf kurzgeschnittenen Rasen werfen Steineichen und Zypressen Schatten; in halbkreisförmigen Wegverbreiterungen stehen Steinbänke, flankiert von Statuen: Amoretten und Quellnymphen.

Ab und zu ist es gut, sich einer völlig durchdacht angelegten Landschaft zu ergeben. Es ist, als entwirre sich damit das Gedankenknäuel im Kopf, als erlange man Übersicht.

Wo sich, aus den vier Himmelsrichtungen kommend, die Wege treffen, steht ein mächtiger Springbrunnen auf dem kreisrunden, mit gebleichten Kieseln bestreuten Platz. Leise prinkelt Wasser ins gekachelte Bassin, im Überlaufbecken schwimmen gelbe und rote Blätter.

Auf keinem der labyrinthisch angelegten Wege ist ein Mensch zu sehen; Vögel flattern aus Schirmpinien, hüpfen über makellosen Rasen, auf bemooste Mäuerchen. Gestutzte Buchsbaumhecken säumen die Pfade, verlieren sich in der flimmernden Luft.

Biegt man vom Hauptweg ab, ist es, als schreite man in die Dämmerung, in den Abend.

Der Nebenweg ist von dichten Ziersträuchern und hohen Laubbäumen umschlossen, linkerhand erkennst du, hinter einem Boskett, die Orangerie.

Gleißend fällt Sonnenlicht in die vielen Scheiben; im Gegenlicht werden die Büsche und Hecken zu formlosen, bedrohlich schwarzen Schatten.

Geordnete Natur kann eigenartig unheimlich wirken: jede Wegbiegung, jedes Mäuerchen, alle Standbilder, Grotten, jeder Strauch und Baum wird seine Ursache, seinen ganz bestimmten Grund haben, nichts ist zufällig.

Was aber soll das bezwecken.

Was, wenn dieser Garten ein Irrgarten ist.

Wenn dich diese zahllosen Wege gefangenhalten, du im Kreise gehst, ununterbrochen an denselben Brunnen vorbei hastest.

Dabei fühltest du dich wohl hier, anfangs.

Die warme, schwüle Luft ließ dich taumeln, gab dir ein Gefühl von Geborgenheit.

Jetzt wünschst du dir nicht solch geometrisch abgezirkelte Form; jetzt möchtest du mit Unkraut und wildblühenden Ginstersträuchern zugewachsene Trampelpfade, Dickicht. Unverhofft triffst du auf ein Tor, den Ausweg aus dem Park. Das Haus ist nicht mehr auszumachen; grün und dicht verstellt der üppige Garten die Sicht.

Vor dem Tor, außerhalb der Anlage, liegen hohe Laubhaufen; braune weiche Berge, die vermodern.

Lamba

Durch das Küchenfenster beobachte ich einen Nachbarn, der ein Reh ausnimmt.

Mit zusammengebundenen Hinterläufen baumelt es an einer durchhängenden Stange. Routiniert und ohne sich aufzuhalten arbeitet der Mann; rot tropft Blut in den zertrampelten Schnee. Nach einigen Minuten zieht der Nachbar die Joppe aus, hängt sie neben das tote Reh an die Stange. Aus meinem Blickwinkel macht es nun den Anschein, als schneide er an seinem Kleidungsstück herum; geschäftig umkreist er es, geht in die Hocke, springt wieder auf.

Wüßte ich nicht, was er tut, ich wäre hingerissen von den gekonnt ausgeführten Handhabungen.

Dieser Nachbar hatte mich als Knirps mitgenommen auf die Jagd. Beharrlich hatte er darauf bestanden, daß ich eine jägergrüne Strickjacke anzog; auch weigerte er sich, meine Schwester mitzunehmen: Frauen – oder Mädchen – haben nichts zu suchen auf der Jagd, hatte er mehrmals überzeugt gesagt.

Mit seinem Auto, einem offenen Jeep mit Vierradantrieb, waren wir beinahe eine Stunde durch Wald gefahren, auf Straßen, die immer enger und unwegsamer geworden waren.

Gekonnt mied der Mann die ärgsten Schlaglöcher, auf dem Rücksitz lagen Gewehr und Feldstecher. An zwei oder drei Stellen schloß er Schlagbäume auf, ich durfte die rotweiß bemalten Rundhölzer nach unten pendeln, die großen Schlösser zuschnappen lassen.

Auf einer Ausweichstelle parkte er das Auto, dann schlugen wir uns auf einem nur angedeuteten Pfad durch die kniehohen Heidelbeerbüsche, bis wir einen dicht mit Nadelbäumen bestandenen jähen Hang hinaufstapften.

Gebündelt waren Sonnenstrahlen durch die Äste gefallen und hatten einzelne Teile des federnden Waldbodens gehellt. Der Hochsitz stand auf der Kuppe; auf der aus Tannenbrettern gefertigten Bank hatte man eine großartige Sicht über eine riesige, sanft abfallende, abgeholzte Lichtung. Und dann saßen wir.

Unmerklich wurde es Abend, Wolken zogen über uns hin, über die Rodung wanderten Schatten.

Der Nachbar nahm den Feldstecher nicht von den Augen; ich glaubte schon, er sei angewachsen, als er ihn das erste Mal absetzte.

Wir saßen.

Eigentlich passierte gar nichts; ein paar Mal glaubte ich, Rehe über die baumstrunkgespickte Lichtung setzen zu sehen, aber es fiel kein Schuß. Mittlerweile hatte ich begonnen, ungeduldig hin und her zu rutschen. Der Nachbar saß unbeweglich. Vielleicht ist er eingeschlafen, machte ich mir Hoffnungen, da schwenkte er leicht den Kopf, das Fernglas vor Augen.

Nun denn, sagte er nach geraumer Zeit; vorsichtig stiegen wir vom Hochsitz, und ich urinierte zuerst an einen quer liegenden Stamm. Auf der Rückfahrt schaltete er die Scheinwerfer ein, ich durfte das Gewehr halten. Der schwarz glänzende, kühle Lauf roch nach Öl und Metall; ich traute mich nicht, den Abzug zu berühren. Über den Verlauf der Jagd war ich froh; sonst hätten wir auf der Heimfahrt den Rücksitz hochklappen müssen, sonst wäre ein aus der Schußwunde blutendes Reh auf der Ablagefläche von einer Wagenseite auf die andere gerutscht, in jeder Kurve...

Tante Bertha schlägt das transparente Schutzblatt zwischen die steifen Papierseiten, schiebt es mit flacher Hand gegen die Albummitte.

Der da auf dem Foto, das bin nicht ich.

Der will ich nicht sein.

Ein Junge im braunkarierten Konfirmationsanzug, um den Hals eine Gummizugkrawatte, hangelt sich einen Fels hoch, grinst schief in die Kamera. Weit den Nacken hinauf sind die Haare geschoren, die dunkle, massive Hornbrille ist nach vorn gerutscht, lange Füße baumeln in der Luft.

So wollte ich mich nie sehen, auf diesen Sonntagsspaziergängen, in solchen Kleidern.

- Doch, doch. Freilich bist du's, lacht Tante Bertha, und ihr Zeigefinger schwebt bestimmt über der Farbfotografie. Schnell blättere ich weiter, überschlage unangenehme Seiten, deute lieber auf Bilder meiner kleinen Schwester, die bereits als Kind fotogen war.

Während sie sich unbefangen gab, lachend in Positur stellte, wich ich aus, flüchtete mich in Bewegungen, Kapriolen.

Einen Felsen hochklettern, im Sonntagsanzug.

Eselsohren machen. Die Brille verkehrt aufsetzen. Purzelbaum schlagen...

Ich bin auf keinem dieser Bilder; auf diesen Aufnahmen, das bin nicht ich; das war jedesmal ein anderer. Einer, der sich lustig gab, wendig. Der seine Unbeholfenheit geschickt überspielte.

Auch heute sind mir diese Aufnahmen fremd; die Tage und Anlässe sind mir aus dem Gedächtnis geschwunden, nicht einmal der Ortschaften mag ich mich erinnern. Verlorene Bilder, verlorene Tage.

Die Katze streicht fordernd um meine Beine, schnurrt; verstohlen schiebe ich das Fotoalbum beiseite, beginne mit dem Tier zu spielen.

Irgendwo wären sie bestimmt, die verloren geglaubten Bilder und Tage, in irgendeinem versteckten, gemiedenen Winkel des Gedächtnisses.

Da sein müssen sie. Sie machen schließlich aus, was ich bin heute.

Mit Onkel Johann fahre ich hinunter ins Städtchen, ins Hallenbad.

- Das Wasser wird wunderbar warm sein, hat er behauptet, und morgens ist das Bad eh fast leer.

Fein nieselt es, naß und schwer liegt der Schnee ums Haus, krachend rutschen Wächten von Dächern. Ich fahre mit dem

Rennrad meines Cousins, die glatten Colliereifen finden kaum Halt, wegen des Rennlenkers sitze ich tief vornüber gebeugt; dünne Matschspritzer verdrecken die Hosenbeine bis über die Knie. Hochaufgerichtet radelt neben mir Onkel Johann, nennt Namen der Besitzer aller Neubauten; wiederholt gleitet ihm die Kapuze ins Gesicht.

Die Radfahrten ins Städtchen, in die Lamba, wie die Einheimischen sagen, gehörten zur Abwechslung für uns Kinder. Aufgeregt pedalten wir die Strecke, entlang den Salinewerkhallen und schließlich über die geschwungene Flußbrücke. Unten, am See, saßen wir auf den farbig lackierten Bänken, das gekaufte Eis in der Hand, die Fahrräder achtlos auf einen Haufen geworfen. Weiß und elegant die Segel auf dem Wasser, dahinter der treppenförmig abgebaute Berghang: die Kiesgrube.

Alles wußten wir und nichts.

Geräuschlos glitten die Großkabinen der Schwebebahn gegen die Bergstation, verschwanden über dem Felsabsatz...

An einer Tankstelle pumpt ein Mann auf Sportfelgen gezogene Reifen; neben ihm steht sein Auto, mit laufendem Motor, an der Zapfsäule springen rasch die Zahlen.

An dieser Tankstelle pumpten wir zum Gaudi die abgefahrenen Reifen unserer Fahrräder auf, blinzelten verstohlen in die offenstehende düstere Werkstatt, in der es nach Motorenöl, Gummi und Benzin roch, beobachteten die Mechaniker in ihren verdreckten Overalls bei der Arbeit. An Schnüren baumelten aufblasbare Plastiktiger und bunte Wimpelchen. An der Zapfsäule drehte sich eine Spindel im goldgelben Benzin hinter dem Schauglas, laut hüpften die Zahlen...

An der Kasse des Hallenbades sitzt ein etwas dicklicher Mann in weißem Kittel und weißen Hosen, der mich, bevor ich ein Billett gekauft habe, darauf aufmerksam macht, daß ich eine Bademütze tragen müsse. Für acht Schilling miete ich eine schwarzweiß gestreifte, eklig nach Gummi riechende Mütze.

Nur wenige Schwimmer sind in dem kleinen Becken mit

angenehm temperiertem Wasser, Pensionisten vorwiegend, die unermüdlich die Länge abschwimmen; prustend, aber regelmäßig. Die eine Längswand ist ganz aus Glas; auf dem Rücken treibend sehe ich Passanten durch den Nieselregen eilen; fahren Autos auf den Parkplatz, spritzt der Matsch bis an die Scheibe. Entlang des Bassins stehen rote und gelbe Plastikstühle, einige zusammengeklappte Liegen. Auch Onkel Johann schwimmt jetzt, mit langen, kräftigen Zügen; neben ihm schnaubt eine fette Frau gekonnt im Crawl, die Augen mit einer lächerlich kleinen Brille geschützt. Langsam schwimme ich hin und her, vermeide es, zu tauchen, denn ich trage die Brille. Aus dem Glashäuschen beobachtet uns der Bademeister, der plötzlich aufgeregt gegen die Scheibe klopft und winkt. Über das Becken hinweg gibt er einer Frau Zeichen, die vor der Glasfront im Regen steht und gelassen zurückwinkt. Schnell verschwindet der Bademeister von seinem Posten, eilt mit laut klappernden Zoccoli die Treppe hinauf.

Beobachten ist interpretieren.

Genau beobachten ist zugleich verteidigen.

Sehen zwei dasselbe, gewinnt derjenige, der die farbigeren, genaueren Details und Einzelheiten zu erzählen weiß, der sich bis ins äußerste präzis erinnert.

Die Pensionisten stehen zusammen am anderen Bassinende und schwatzen, bis zur Taille reicht ihnen das warme Wasser, alle tragen sie diese albernen Bademützen. Miteinander beginnen sie eilig zu waten, ein paar mühsame Schritt nur, dann werfen sie sich bäuchlings ins Wasser, schwimmen um die Wette. Oft haben alte Menschen Ähnlichkeit mit kleinen Kindern; sie schreien und plantschen, und jeder will, in kindlichem Eifer, der erste sein.

Ich steige aus dem Becken.

Draußen geht erneut der Regen in Schnee über, dicht fallen Flocken; aus Wandschlitzen strömt warme Luft in die Badehalle, im unteren Drittel beschlagen die Scheiben.

Im Duschraum wasche ich die Haare, trockne sie unter einer

Plexiglashaube. Wirft man einen Schilling ein, beginnt für gut fünf Minuten das Gebläse zu arbeiten. Weit über die Ohren ziehe ich den Plexiglasschirm, bis er anstößt auf den Schultern.

Ein Helm, der Ruhe und Abgeschiedenheit garantiert. Das Summen gefällt mir, auch der getrübte Blick durch das verschmierte Glas; von links nach rechts durchschwimmen drei Männer meine Aussicht, darunter – zuvorderst – mein Onkel...

Die Erinnerungen kommen ungerufen.

Wenige Kilometer entfernt vom Jochenhaus liegt abgeschieden ein kleiner klarer See.

Über eine enge und kurvenreiche Straße durch dichte, weitflächige Waldbestände gelangte man dorthin; das Auto blieb auf einem gesplitteten holprigen Platz, einer ins Gehölz geschlagenen, aufgeschütteten Straßenverbreiterung. Ein Weg führte unter Bäumen abwärts durch hohes Gestrüpp an das begraste, flache Seeufer.

Die gerollten Badetücher unterm Arm, kämpften wir uns durch die Büsche, Vater schleppte die Kühlbox, ein Liegebett. Teilweise war das Wasser von hohem Schilf eingeschlossen, ein Steg führte ein kleines Stück, knapp über dem Wasserspiegel, hinaus. Einmal waren neue Bretter verlegt worden, stark roch der Steg damals nach Harz, im Laufe des Sommers wurde das helle Holz dunkel, roch nach Sonnenöl und ein wenig nach Fisch.

Kreisförmig legten wir unsere Tücher um eine der zahlreichen Birken, in deren schmalen Schatten die Eßwaren kamen.

Ich war ungern im Wasser; ich trug zwar eine Badehose, und manchmal watete ich auch im See. Aber wenn schon im Wasser, dann lag ich lieber auf einer Luftmatratze und trieb dösend im Uferbereich entlang.

Am liebsten saß ich auf dem Steg; die Beine bis knapp zu den Fesseln im Wasser, mit den Händen auf den warmen Brettern abgestützt, hielt ich es Stunden aus. Von diesem Platz ließ sich alles beobachten, überblicken. Die Keifereien oder Annäherungsversuche auf den Badetüchern auf der Wiese und zwischen den Birken genauso wie das Treiben im See.

Libellen umsurrten die hölzerne Anlegestelle; Fliegen, allerlei Schmetterlinge, Wespen. Schwärme winziger Fische standen im Schatten des Steges. Wagten sie sich aus der Dämmerung, brauchte ich bloß den rechten Arm zu heben, und der ganze Schwarm stob pfeilschnell davon, vom stützenden Rundpfosten in zwei Hälften geteilt.

Klar sah man die Steine am Grund; rund geschliffene Kiesel in den verschiedensten Grau- und Weißtönungen.

Auf dem Steg war man auch einigermaßen sicher vor den Schlangen. Im Wasser waren sie ohnehin; jederzeit konnte ein hochgereckter Schlangenkopf sich durch den See winden, mitten durch die Badenden. Selbst auf den Decken waren sie bisweilen anzutreffen: kam man vom Schwimmen zurück, lag dick und eingerollt eine Schlange neben aufgeschlagenen Taschenbüchern.

Auf meinem Steg war ich vor ihnen sicher; zwar sah ich Schlangen das geriffelte Wasser pflügen, konnte Schwimmer beim erschreckten Zurückzucken von ihren Badesachen beobachten, aber ich war zu weit weg, um die Schlangen genau zu sehen.

Selbstverständlich wollte man mich schwimmen lehren; Vater und Onkel schleppten mich ins Wasser, das ich zu kalt fand, zeigten mir an seichten Stellen die richtigen Bewegungen, lotsten mich weiter und weiter vom Ufer weg, bis ich – buchstäblich – den Boden unter den Füßen verlor.

Nie vergesse ich den Augenblick, als mir dies schlagartig bewußt wurde. Es war, als verdunkle sich der Himmel, gleichzeitig aber absolute Stille um mich. Was ich hörte, war mein keuchender Atem, das Schlagen meiner Arme und Beine im Wasser. Überlaut waren diese Geräusche, scharf und überdeutlich zeichneten sich die den See umschließenden Bergreihen ab, jeder Baum, jeder einzelne Busch.

Wie ein Stein sackte ich ab.

Was darauf geschah, weiß ich von meinen Eltern, teilweise von Onkel Johann; mit Mühe holte man mich hoch, zerrte mich ans Ufer, auf die Badedecke. Vater und Onkel bemühten sich um mich.

Als ich die Augen öffnete, flog eben ein großer heller Vogel übers Wasser, landete weit entfernt, heftig mit den Flügeln klatschend.

- Ich will, sagte ich laut und deutlich, ich will auf meinen Steg zurück...

Geschichten können so passiert sein oder so; das Gedächtnis spielt einem Bilder vor.

Im Kopf mein Kino, in dem der von mir inszenierte Film gezeigt wird, unablässig und in bester Ton- und Bildqualität, dessen Beschreibung mir dennoch Schwierigkeiten bereitet...

Meine Mutter lernte schwimmen im Fluß.

An einigen Stellen habe man gut ins Wasser gelangen können; große Steinblöcke seien in feinem Sand gelegen, dichte Büsche hätten die Badestellen umschlossen. Weit hinaus habe man ohnehin nicht waten können, nach wenigen Metern schon sei der Fluß metertief geworden. In ziehender Strömung seien sie zwischen Steinen gestanden, nahe am Ufer, und hätten von Hand Fische gefangen.

Schwimmen habe man gelernt, indem man sich in die Strömung habe fallen lassen, einige hastige Züge versucht, dann schnell gegen das Ufer gesteuert habe.

Die Brüder hätten sich weitab treiben lassen; das Sonnenlicht habe geflinkert auf dem kalten Wasser, die Schatten der mächtigen Laubbäume hätten gezittert in den Wellen, und allerlei Blätter seien vorbeigezogen, rasend in den Strudeln kreisend.

Auf den großen Steinen sind wir gelegen, sagte Mutter, und haben uns trocknen lassen...

Auf den Gehsteigen liegen spiegelglatte, harte Eisbrocken, darum gehen wir auf der Straße.

Nach der Wärme im Hallenbad dünkt einen die Luft doppelt kalt; die Hände scheinen an der Lenkstange der Räder anzufrieren.

Im Schaukasten des Kinos hängen verblichene Filmplakate, das Wochenprogramm. Es wird ein Sexfilm gegeben, auf den ausgehängten Farbfotografien sind nackte Busen mit dicken Zensurstreifen abgedeckt, umso deftiger sind Filmtitel und Bildlegenden.

Vor dem Gasthaus läuft ein Auto auf Standgas, der Fahrer sitzt zusammengesunken am Steuer, wir müssen durch den Qualm der Abgase.

- Das Wetter wird umschlagen, beteuert der Onkel, und tatsächlich hat sich der Himmel verdunkelt.

Im Schankraum wird das Licht angedreht; kleine runde Tischlampen werfen angenehm gelbe Flecken auf die Tische, an den Wänden protzen Hirschgeweihe, schräg sind Vorderlader befestigt.

Wir sind die einzigen Gäste.

Mit eingefuchsten Bewegungen bereitet die Serviertochter den Glühwein, blickt gleichzeitig gelangweilt aus dem Fenster. Schwarz verdeckt Astgewirr die Aussicht.

Aus einem Radio in der Raumecke tönt Schlagermusik, die Bedienung wippt mit einem Fuß mit, schlägt im Takt einen Löffel gegen ein Glas. Später setzt sich ein älterer Mann zu uns.

- Servus, Julius, begrüßt ihn Onkel Johann und nimmt ihm den grünen Filzhut ab, bugsiert ihn auf die hölzerne Ablage. Gleich reden sie von der Arbeit, den Vorzügen der Schicht. Julius hat, wie er aufseufzend sagt, noch drei Jahre bis zur Pensionierung, dann aber!

- Übernimm dich nicht, entgegnet Johann, bist du erst pensioniert, geht alles so schnell. Die Zeit läuft dir davon, daß du kaum mitkommst mit leben!

Wir prosten uns zu, bedächtig zieht Julius eine Zigarre aus der Jackentasche, beißt, mit angewidertem Gesichtsausdruck, schräg ab, entzündet den Tabak. Die Bedienung lehnt jetzt an der Schanktheke, fingert in der hochgetürmten Frisur herum, mit gespitzten Lippen.

Julius deutet aus dem Fenster.

- Schade, so recht kalte Winter gibt es ja keine mehr.

- Ja früher, fährt mein Onkel fort, war freilich der Winter was ganz anderes. Kälter und länger halt! Da hast du Eisblumen am Schlafzimmerfenster gehabt, und eiskalte klamme Kleider.

Durch eines der Fenster kann man einen Winkel der Gasse einsehen; der dunkle Himmel drückt eng auf Dachziegel, mächtig qualmt ein Rauchfang.

- Einmal, 1940 wohl, als der See zugefroren war, ist ein Vogelfänger erfroren, am Flußufer. Er wird eingenickt sein bei der Warterei. Und schon bist tot! Der Witz war, daß sie ihn stehend gefunden haben. Er ist bis zu den Knien im Tiefschnee gestanden, und über Nacht hat's geregnet, da ist er festgefroren. Lach nicht, die Geschichte stimmt!

- Natürlich, ergänzt Julius, überhaupt der See. Mit Pferden und Fahrrädern fuhr man über den zugefrorenen See, die Straße war ja nicht wintersicher. Einmal ist ein ganzes Fuhrwerk eingebrochen und abgesackt. Weg waren sie!
Nun lachen sie beide, erzählen sich weitere Geschichten von Schnee und Eis.

Gespräche gibt es, aus denen wird man langsam, aber unaufhaltsam ausgeschlossen, oder liegt das an mir.

Fortwährend verliere ich an Gesprächen die Lust, andauernd schieben sich Kopfbilder vor, hänge ich Erinnerungen nach.

Bin ich ein schlechter Gesprächspartner. Muß jeder Satz ein ins Gehirn getriebener Keil sein, ist er sonst belanglos.

Aus dem Gasthaus tretend, sieht man, schräg über den mit Bäumen bestandenen Hof, das Café Zischler. Ein einstöckiges Gebäude, das großflächige Schaufenster der Konditorei zeigt auf die Gasse; auf der Seite gegen den Fluß befindet sich die gedeckte Terrasse mit einigen runden Tischchen.

Natürlich, denke ich, die Sonntage bei Zischler: Hatte einer ein Mädchen, dann führte er es am Sonntagnachmittag zu Zischler. An Dutzenden winzigen runden Tischen saßen die Pärchen, wurde geflüstert, gekichert und geschäkert.

Geschäftig wetzte der Kellner durch den nur schwach beleuchteten Raum – vor den Fenstern hingen schwere Gardinen –, servierte Kakao und Kaffee, dazu Eistorten, Kuchenstücke auf kleinen Porzellantellerchen.

In einer Ecke thronte spotblinkend und farbig flackernd eine wuchtige Juke-Box.

Sonntag für Sonntag traf man sich hier. Vorausgesetzt, man hatte ein Mädchen.

Dann stolzierte man in den Saal, führte das Mädchen möglichst durch den ganzen Raum, damit einen alle sehen konnten. Galant zog man den billigen Plastikstuhl unter dem Tisch vor, deutete eine Verbeugung an, schob den Stuhl unter das sich setzende Mädchen. Beim Bestellen hatten es einige Jungen zu vollendeter Eleganz gebracht: Mit der rechten Hand blätterten sie die großformatige, mehrseitige Karte auf, gleichzeitig schnippten sie mit den Fingern der Linken, stippten gleich darauf eine Zigarette aus einem geschickt aus der Jacke gefingerten Päckchen, boten lächelnd die Zigarette an. Wichtig war auch, eine möglichst umfangreiche Bestellung aufzugeben, laut genug, daß man sie im ganzen Lokal verstehen konnte.

Musik wählte nur, wer sich entsprechend lässig durch den Raum bewegen konnte: Man stand langsam auf, schlenderte gelassen und über die Schulter mit dem Mädchen scherzend zur Musikbox, kramte Münzen aus der Hosentasche und warf ein. Wer noch lange Single-Titel aus den aufgelisteten Platten heraussuchen mußte, war bereits unten durch. Könner warfen die Münzen ein und tippten blindlings richtige Zahlen und Buchstaben; bevor der erste gewählte Titel anlief, saßen sie bereits am Tisch, locker plaudernd.

Pech hatten diese Meister bloß, wenn der Besitzer freitags die Schallplatten ausgewechselt hatte, dann lief statt Deep

Purple Michael Schanze oder ein anderer Schlager. Solche Pannen kommentierte man mit einem schadenfrohen Lächeln.

Im angrenzenden kleineren Raum standen zwei Flipperkasten, ein Tischfußball. Selbstverständlich war jeder Spieler von Mädchen und Jungen umstellt, welche jeden Kick kommentierten; auch Mädchen flipperten, deren Begleiter standen dann, je nach Spielverlauf, protzig in Positur geworfen neben dem Kasten oder verdrückten sich kleinlaut auf die Toilette.

Dort gab man sich Tips, kämmte sich, drückte verärgert an Pickeln herum.

Manchmal saß ich mit meiner Schwester und Rudi im Zischler, einmal war ich mit Maria dort:

Nach dem Mittagessen hatte ich sie abgeholt mit Onkel Johanns Moped, wir setzten uns an den Tisch unmittelbar beim Eingang, ich bestellte Fruchtsäfte, Kaffee, Kuchen und Eis; später wählte ich Musik, dank meinem schulterlangen Haar traute man meinem Geschmack lokalweit, ich konnte mir beim Auswählen sogar Zeit lassen. So oder so befand ich mich hier in einer anderen Zeit; in der Schweiz gab man sich mit Vorteil möglichst schnoddrig und unbeteiligt...

An einem Flipperkasten mit beleuchtetem Stirnaufbau spielte ich ein Game; ein großbusiges Mädchen mit Bikini ritt bei tobender See auf einem Wellenbrett, im Hintergrund überschlug sich eben ein Surfer, sein Brett wirbelte durch die Luft, im Bildvordergrund wogte eine gewaltige Schaumkrone auf die Spielenden zu. Die Seitenwände des Kastens waren feuerrot und knallblau geflammt; grellblinkende Zahlen und Lämpchen blinkten auf.

Schlechter als die anderen spielte ich nicht; spreizbeinig stand ich vor dem Apparat, wippte bei jedem Kick mit, pendelte mit dem Oberkörper Kraft in meine Bewegungen. Ich holte ein Freispiel, das ich großzügig einem andern überließ.

Bis ich auf die Toilette mußte, ging alles gut.

Ich schloß mich in die einzige Kabine und setzte mich auf den mit Zigarettenbrandlöchern übersäten Plastikring.

Und brachte die Tür nicht mehr auf.

Das Schloß klemmte ganz einfach; mit aller Kraft riß und zerrte ich an dem Metallriegel. Die Kabine war oben geschlossen und ohne Fenster; ich war also gefangen.

In solchen Situationen wartet man ja auf Wunder: daß alles ein Irrtum ist, die Tür sich mit sanftestem Druck aufstoßen läßt, daß man das klemmende Schloß ohne Anstrengung aufriegeln kann...

Bestimmt eine Minute wartete ich fassungslos, bis ich erneut an dem Schloß herumschlug.

Eine Weile fand ich meine Lage noch irgendwie witzig; ich stand vor der verschlossenen Tür, von der die weiße Farbe blätterte, und lachte leise. Manchmal begibt man sich ja freiwillig in derartige Verstecke; als Kind hatte ich mich einmal unter dem Eßtisch versteckt; durch das weit hinabhängende Tischtuch verdeckt, saß ich auf dem Teppich, an das gedrechselte Tischbein gelehnt und wartete, daß man mich zu suchen begänne. Ich schwor mir, als verschollen gelten zu wollen. Man sollte mich suchen. Und natürlich finden.

Die Hoffnung, daß man, wenn man sich rar macht, vermißt und gesucht, BEGEHRT wird.

Aber schon damals hatte mich niemand gesucht; eine geschlagene Stunde war ich unter dem Tisch gesessen, bis ich, aufgebracht und enttäuscht, weinend hervorgekrochen war...

Als nach vielleicht fünf Minuten einer die Toilette betrat und, eine bekannte Melodie pfeifend, in eine der Pissoirmuscheln urinierte, getraute ich mich nicht, zu rufen. Bocksteif und ohne zu atmen, stand ich dicht hinter der Holztür, mit geballten Fäusten. Kaum war er draußen, begann ich wild und verzweifelt an der Klinke zu rütteln. Bestimmt zehn Minuten lang kam niemand mehr herein. Maria, hoffte ich, wird unruhig geworden sein, wird mich suchen; vielleicht, überlegte ich weiter, vermißt sie mich aber nicht im geringsten, ißt Kuchen, löffelt Eis. Schließlich begann ich, um Hilfe zu schreien, hämmerte unbeherrscht gegen das Holz.

Mit einem flachen Messer, von dem man vorher den Griff geschraubt hatte und das man mir unter der Tür durchschob, demontierte ich das Schloß. Danach zahlte ich sofort und verließ das Café Zischler; das letzte Mal, daß ich mit Maria zu tun hatte, fuhr sie doch an jenem Sonntag mit einem anderen zurück, auf dem Sozius seines frisierten, knallig lackierten Mofas.

Der Himmel ist schwarz und sieht aus, als stehe er seit Wochen still.

Die Erinnerungen lassen, wie sie sind.

Nichts verändern oder beschönigen wollen, nichts ausstaffieren mit Bedeutung oder Tragik.

- Komm endlich, sagt Onkel Johann und zerrt mit einem Ruck beide Fahrräder aus dem Rechen des Gasthauses.

- Ich sollte noch Einzahlungen erledigen, auf der Post.

Nie lassen sich Erinnerungen mit Bildern der Gegenwart abdecken.

Das Vergleichen verdüstert.

Hineinfahren in nebliges Grau, ohne jede Orientierungshilfe. Über Straßenkreuzungen schwankt gelbes Licht, beidseits tauchen Bilder auf, Szenen, Verkehrsschildern ähnlich, die du, aufgrund des Nebels, nicht lesen kannst.

Seit Jahren grau und seit Jahren November.

Warum soll gerade jetzt sich der Nebel lichten. Warum soll jetzt Wind in die Schwaden fahren, aufreißen, auseinandertreiben und Klarheit schaffen?

Da das Postgebäude umgebaut wird, befindet sich das Postamt in einem Provisorium, mitten am aufgelassenen Salinegelände in einem ehemaligen Bürotrakt.

Das große Eisentor ist ganz aufgeschoben, das Pförtnerhäuschen steht leer, nur an der einen Wand hängt ein

Bildkalender, der eine rauchende Industrielandschaft zeigt.

Auf dem Kopfsteinpflaster werden wir ordentlich durchgeschüttelt, der Weg zum Postamt ist mit kleinen gelben Schildern angezeigt.

Der Korridor des früheren Salinebürohauses ist von unzähligen Schmelzwasserpfützen übersät, die alle gegen eine Zimmertüre laufen.

Im Schalterraum herrscht schläfrige Stille; geräuschlos arbeiten die Beamten an ihren Pulten, metallisch tickt eine Wanduhr.

Während Onkel Johann seine Einzahlungen erledigt, gehe ich auf und ab, sehe aus der Fensterfront den nahen Fluß.

Beim Passieren des Pförtnerhauses kommt mir ein Gedanke; ich halte an und lasse mir von Johann den Weg zum Friedhof beschreiben. Auf seinem Handrücken skizziert er mit dem Zeigefinger die Anlage, erklärt den Platz von Großvaters Grab.

- Ja, sage ich entschieden, ich möchte gern alleine fahren. Weit flattert Onkels Umhang um sein Rad; rasch fahre ich los...

Als jähzornig und aufbrausend, wie ihn meine Mutter beschrieb, habe ich Großvater nie erlebt.

Im Alter, bestätigte Mutter, ist Großvater ruhig und besonnen geworden.

Obschon ich selten mit ihm sprach, verstand ich mich gut mit ihm. Außerdem hatten wir ein Geheimnis:

Als ich – gerade sechzehn geworden – eines Abends alleine die Milch bei den Großeltern holte, stand die Milchkanne nicht am gewohnten Platz, und im Haus zeigte sich niemand auf mein lautes Rufen.

Also ging ich um das Haus, das Gras stand hoch, laut zischten meine Turnschuhe durch die nassen Halme, vom Baum klopften Äpfel auf den weichen Boden. Im kleinen Anbau des Schuppens, einem winzigen, mit Teerpappe gedeckten Bretterverschlag, brannte Licht, sah ich. Nach kurzem Zögern pochte ich gegen die Tür, öffnete sie. Großvater zuckte erschrocken zusammen, versuchte, mit seinem Körper etwas zu verbergen.

Wortlos sahen wir uns an, ich hatte das Gefühl, die klaren Augen meines Großvaters sähen durch mich hindurch oder aber in mich hinein. Nach einer ganzen Weile sagte er – und trat beiseite, an eine mit Zetteln und Werkzeug überstellte Werkbank –, nun, wennst schon da bist!

Listig blinzelte er mich an und zeigte mit einer scheuen, aber weitausholenden Armbewegung auf eine eigenartige Metall- und Holzkonstruktion im halbdunklen Raumhintergrund.

- Ich erfind' und bau' ein Schneefahrrad, sagte er ohne Stolz, und beobachtete eindringlich meine Reaktion auf diese Behauptung.

Ich staunte interessiert, starrte gebannt auf die aufgebockte Konstruktion; an der Wand hingen zwei aneinandergeschweißte reifenlose Radpaare, am Boden lag eine komplizierte, metallene Raupe.

- Ja, lachte Großvater und zog mich an das Rad, ein Schneefahrrad! Damit kann ich winters über die spiegelglatten Felder fahren, ohne Weg, querfeldein!

Begeistert ergriff ich die wuchtige Lenkstange, schwenkte sie leicht, befühlte den weichen, breiten Ledersattel, bestaunte den hölzernen Warenbehälter über der hinteren Nabe, tippte an den fettigen Zahnkranz, den massiven, weiß gemalten Rohrrahmen.

- Mit der Übertragung auf die Raupe hapert's noch. Aber das wird schon. Schau!

Er zeigte einen ganzen Stapel Skizzen; einfache, grobe Bleistiftzeichnungen, unbeholfene Darstellungen.

- Wenn das Rad fertig ist, darfst du auch einmal fahren, abgemacht?

Ich mußte Großvater versprechen, keinem ein Wort zu verraten. Das Schneerad, sagte er, sei unser Geheimnis. Umständlich zog er eine Taschenuhr aus seiner Weste und schnaufte schwer auf.

- Bald kommt Großmutter, flüsterte er und bedeckte seine Erfindung mit einem aus Jutesäcken zusammengenähten Tuch, auch das Fenster verhängten wir mit einer Sackgardine. Noch einmal mußte ich ihm das Versprechen abgeben, danach holte er die Milch.

Lange stand er zwischen Haus und Stall und sah mir nach; weit entfernt drehte ich mich um, winkte.

Großvater winkte nicht zurück; still verharrte er in der einfallenden Dämmerung, hell leuchtete sein weißes Hemd.

Steil führt der Weg zum Friedhof.

Hinter einem Maschenzaun steht das »Franz-Josef-Haus«, wie ich auf einem Schild lese.

Etwa zwanzig Mädchen stehen vor dem Gebäude auf dem Pausenhof, weit die breite Freitreppe hinauf. Vor ihnen ein großgewachsener Mann, wohl der Lehrer, der, heftig gestikulierend, etwas zu erklären scheint.

Unmittelbar nach dem engen Friedhofstor schwingt ein Mann einen Pickel, zerhackt die Eisplatte, die sich vom niedertropfenden Schmelzwasser vor dem Toilettenhäuschen gebildet hat. Hinter der Kapelle und den beiden hohen Scheinzypressen die erste Reihe, das letzte Grab; der Friedhof ist zu drei Ebenen terrassiert. Großvater muß direkt an der Mauer zur zweiten Terrasse, an der äußersten Friedhofsbegrenzung liegen.

Laut krachen meine Schritte auf der dünnen Eisschicht, die den Kiesweg überzieht; ein unangenehmes Geräusch, das meinen unsicheren Tritten zu viel Gewicht und Bedeutung gibt.

Auf dem hintersten Grabstein, in der Reihe an der Mauer, stehen zwei Namen.

Großvaters Grab ist es nicht.

Verunsichert gehe ich den schnurgeraden Weg zurück, wieder kracht jeder Schritt, in der Luft hallen die Pickelhiebe, eine wahre Frostsymphonie, ein schrecklicher Lärm; entschlossen trete ich vom Weg, stapfe durch den Harschschnee, hart den mit Blautannenzweigen besteckten, mit Tannzapfen verzierten Grabreihen nach.

Ich suche in der zweiten und dritten Reihe, in allen Gängen der ersten Terrasse, dann nehme ich die kurze, eisbedeckte Treppe zur zweiten Ebene, schreite langsam, mit wachsender Ungeduld, alle Gräber ab; letztlich gehe ich erneut die erste Reihe in der untersten Terrasse ab, trete, wegen des krachenden Eises, vorsichtig auf.

Mit der linken Hand trage ich den Schneehügel ab, der den unteren Teil des Grabsteines verdeckt.

Unter den zwei Zeilen stehen Großvaters Name, sein Geburts- und Sterbedatum; die Serifen der Antiqua-Buchstaben sind teilweise mit Schnee gefüllt, was den Schriftzug weiß konturiert, ihm eine eigenartig plastische Wirkung gibt.

Großvaters Name war zugeschneit, hämmert es in meinem Kopf, unablässig, so daß ich die Augen schließe... aber ich habe ihn gefunden.

Zwischen Mauer und Grab gezwängt, steht eine Birke, im Schnee liegen abgebrannte Kerzenstummel.

Großvater ist 1974 während der Arbeit auf dem Feld gestorben: Es soll ein außergewöhnlich heißer Sommertag gewesen sein, nach dem Mittag muß Großvater mit den Worten »ich will mich nur schnell hinlegen« auf das Haus zugegangen, nach einigen Schritten aber plötzlich zu Boden gestürzt sein.

Er war auf der Stelle tot.

Alles ist schwarz und weiß auf diesem Friedhof; schwarze Flecken die Grabsteine im Schnee, schwarz Büsche, Hecken und Bäume, am Himmel die Vögel. Schwarze, davongleitende Striche...

Auf dem Weg krachen wieder meine Schritte, diesmal ist es mir recht, laut soll es sein, damit die Stille in meinem Kopf übertönt wird. Die hohen, gardinenlosen Fenster des Franz-Josef-Hauses spiegeln die schneebedeckten Thujahecken, im Gegenlicht zerfließen die Bilder; am Waldrand brechen Spaziergänger aus den Büschen, ich vermag ihre Stimmen zu hören.

Am Toilettenhaus lehnt der Pickel, die Eisplatte ist zerhackt in kleine, handliche Brocken, aus der Dachrinne tropft das Wasser in einen Eimer.

Meine Mutter und meine Schwester waren damals zur Beerdigung gefahren; ich hatte keine Ferien erhalten. Während der ganzen Trauerfeierlichkeiten habe es geregnet. Die Leute seien mit hochgezogenen Schultern um das offene Grab gestanden, sich gleichsam unter den Schlägen des Regens duckend.

Zu meinem Erstaunen hatte mir Mutter Großvaters goldene Taschenuhr und ein Heft mitgebracht. Die Rückseite der Uhr ist fein geriffelt, mit eigenartig grafisch wirkenden Darstellungen verziert, und auf dem weißen Emailzifferblatt dreht sich der Sekundenzeiger auf einer eigenen, feinen Skala. In der linken Uhrhälfte, zwischen den Ziffern 1 und 5, überziehen feinste Rißchen das Email, das gewölbte Glas jedoch weist keinen Kratzer auf.

Die Zeiger von Großvaters Uhr sind um fünf nach eins stehengeblieben.

Wie ich auch an der großen griffigen Krone drehte, das Gehäuse schüttelte, sie blieb stehen. Heute bin ich froh darum, ich werde sie bestimmt zu keinem Uhrmacher bringen, was mir wiederholt geraten wurde.

Die Uhr blieb stehen, als Großvater starb, da bin ich mir sicher. Der Augenblick seines Todes ist festgehalten, und seine Uhr lebt, auch wenn sie nicht mehr läuft...

Das geerbte Heft ist ein dunkelgrau marmoriertes Carnet im Oktavformat, mit aufgedrucktem, üppig verziertem Firmenwappen: eine Druckoffizin in Wels, Oberösterreich. Dieses Heft, dessen holzfreies, glattgestrichenes Papier mit feingrauen Linien horizontal unterteilt ist, enthält Großvaters Skizzen zu seinem Schneerad und Sätze wie »Die Geschichte des Fahrrades ist die Geschichte einer einseitigen Entwicklung«, dazu Daten von wichtigen Erfindungen in Zusammenhang mit dem Fahrrad.

Ich habe nie über seine Erfindung gesprochen; auch nicht mit Großmutter.

Ich hoffe, sein angefangenes Rad steht im Schuppen. Ich werde gleichwohl nicht nachsehen.

Begonnene Arbeit diesen Ausmaßes kann kein anderer zu Ende führen... Andrerseits habe ich einige seiner Skizzen auf Millimeterpapier übertragen und, wie mir scheint, in wichtigen Punkten verbessert. Irgendwo im Heft steht ein Satz, der Großvaters Wunsch, mit einem Rad, aus eigener Kraft, über weiße, unberührte, spiegelglatt sich erstreckende Felder und Flächen fahren zu können, formuliert. Ein Wunsch, den ich nachvollziehen kann; eine unberührte Fläche durchqueren, indem man bloß eine einzige, schmale Spur durch sie zieht.

Krähen schwingen vom Wald her talab, krächzen laut über mir, drehen ab, stürzen zwischen Hausdächer...

In eine Fleischhauerei treten, eine heiße Leberkäsesemmel verlangen, hineinbeißen. Das kann automatisch geschehen, ohne nachzudenken. Einmal ganz in der Gegenwart sein können.

Hier und jetzt. Gibt es das. Willst du das; wer will seinem Kopf verbieten, zurückzugehen.

Vor der einzigen Buchhandlung des Ortes erinnere ich mich an eine Passage aus Büchners Leonce und Lena:

»Mein Kopf ist ein leerer Tanzsaal, einige verwelkte Rosen und zerknitterte Bänder auf dem Boden, geborstene Violinen in der Ecke, die letzten Tänzer haben die Masken abgenommen und sehen mit todmüden Augen einander an...«

Die Straßenlampen werfen meinen riesigen, spindeldürren Schatten über Straße und Gehsteig, an der Häuserzeile knickt er ab, reckt sich die Wände hoch. Der läßt sich nicht abschütteln, weicht nicht von mir, verfolgt beharrlich. Oder begleitet er mich.

Warum in allem Feinde sehen?

Wieso kann er kein Freund sein, ein unbesiegbarer, nicht zu

verletzender, über den Autos und Motorräder fahren, und er bleibt unversehrt an meiner Seite, wächst aus meinen Füßen, schräg vor mir übers Pflaster, als kundschafte er die Lage für mich aus...

Am Fahrradreifen surrt die Walze des Dynamos, weiß und kalt umklammern Felder Häuser und Höfe; der Himmel vermittelt kein Gefühl von Weite, so tief hängt er durch.

Zwischen dem Städtchen und Roith führt die Straße ein gutes Stück durch freie, unbebaute Wiesen, eingefaßt von losen Baumgruppen, die sich gegen Roith hin zu einer regelrechten Allee verdichten: ein grüner Tunnel, im Sommer. Die Kälte umschließt meinen Kopf, daß es schmerzt, vertreibt aber gleichzeitig jeden Gedanken.

Langsam zieht die schwarze Wand aus Bäumen vorbei, dahinter schimmern weiß leichte Erdmugel, sanfte Wellen. Immer sieht man in einer Landschaft das, was gerade der inneren Landschaft entspricht: Sandstrand wäre grauenvoll jetzt; Sandstrand, in Windstößen rauschende Pinien, weiße kubische Häuser, ein harter blauer Himmel, heiße Sonne, staubende Erde... die Kälte paßt, so ist das, auch das milchige Weiß, diese unberührten, nicht betretenen Flächen, von denen man wenig weiß, man sieht sie zwar, könnte sie gar überqueren.

Aber willst du das.

Willst du immer Bescheid wissen?

Weit leuchten die Bogenfenster der Roither Turnhalle; im Innern übt man an Geräten, elegant schwingt einer an Ringen durch die Halle, andere lassen sich in gegrätschte Sprünge fallen oder stemmen Medizinbälle, eine Frau dreht locker getrabte Runden. Grell leuchten Trainingshosen, Leibchen, alles geschieht wortlos, selten nur keucht einer, bloß die Füße tappen über den ockerfarbenen Hallenboden. Durch die gläserne Eingangstür kann ich nicht die ganze Halle überblikken; regelmäßig wird mein Bildausschnitt durchlaufen, dann schwingt einer schräg von links nach rechts vorbei, ohne den

Boden zu berühren.

Bald wirkt die Turnerei mechanisch; Abläufe gefrieren zu marionettenhaften Bewegungen, aber so oder so beschlägt mein Atem das Glas an der Tür…

Zwölf Jahre alt sei sie gewesen damals. Was genau vor sich gegangen sei, erzählte Mutter, habe sie gar nicht begriffen. Deutsches Militär und braungekleidete Nationalsozialisten habe sie das erste Mal gesehen auf dem Heimweg vom Gottesdienst, zusammen mit ihrer Mutter. Am Straßenrand sei viel Volk gestanden und habe begeistert den Einmarschierenden zugewinkt. Entsetzt habe sie die Mutter weitergezogen, was sie nicht verstanden habe: ihr hätten die vielen Wimpel gefallen, die Fahnen.

Bald darauf hätten sie die Lehrer morgens mit Heil Hitler begrüßen müssen; dieser Gruß habe das Morgengebet ersetzt. Täglich hätten sie nun Freiübungen gemacht. Sport sei zu ihrem eigentlichen Hauptfach geworden.

Plötzlich seien sie nicht mehr in Österreich daheim gewesen, sondern im Gau Oberdonau.

Habe Hitler eine Rede gehalten, hätten sich alle Schüler und Lehrer in der Turnhalle versammelt. Stramm seien sie in pingelig genau ausgerichteten Kolonnen dagestanden. Auf den Pferdpauschen sei der große Radioempfänger gestanden, flankiert vom Lehrkörper.

Mit der Zeit sei ein zweiter Lautsprecher montiert worden, da man in den hinteren Reihen die Reden kaum verstanden habe. Die hölzerne Box, die ein Lehrer mitgebracht habe, sei oben auf der Sprossenwand gestanden, durch die Halle sei das schwarze Kabel gelaufen. Während der endlos langen Reden hätten sie absolut still stehen müssen. Einmal habe ein Mädchen aus einer der hinteren Reihen in die Hose gemacht: Langsam sei das gelbliche Rinnsal über den Turnhallenboden gelaufen. Die Schüler seien verkrampft dagestanden, hätten sich das Lachen verbissen, hätten vermieden, auf den Boden zu blicken…

Auch die Lehrerschaft habe natürlich das Malheur bemerkt; kaum sei die Rede zu Ende gewesen, habe der Rektor zu brüllen begonnen, mitten in die einsetzende Marschmusik.

Durch die hohen Bogenfenster der Turnhalle habe sie, sagte Mutter, jeweils während der Reden nach draußen gesehen. Sie sei dagestanden, ohne zuzuhören und habe in eine Landschaft gesehen, habe in eine Landschaft gestarrt, die sie kannte, die zu ihr gehörte und die man ihnen weggenommen hatte...

Rudi zeigt mir die Hauspläne, das von einem Freund gefertigte Modell. Über die Pläne gebeugt, lasse ich mir den Grundriß erklären. Um zu zeigen, daß ich sein Vorhaben mit dem Hausbau billige, frage ich nach Details, will erneut die Lage seines Grundstücks beschrieben haben.

- Manchmal, sagt Rudi, macht mir das alles schon ein wenig Angst: ein Haus bauen, heiraten!

Andererseits wisse er, daß er hierbleiben werde. Er sei hier geboren und aufgewachsen; doch, doch, dieser Landstrich sei seine Heimat. Abrupt dreht sich Rudi um, wühlt in einem Regal und legt schließlich einen Schraubenzieher mit rotem Griff auf die Werkbank.

- Und überhaupt! Was willst du machen?

Man müsse, sagt Rudi, mit der Angst leben können, mit der Unsicherheit, denn natürlich sehe auch er die schlechten Veränderungen. Doch Angst hätten sie auch früher gehabt, trotzdem sei es gegangen. Einrichten müsse man sich eben, dann nehme das Leben schon seinen Lauf, es habe ja alles seine Tradition, seine Wiederholung. Er gehöre in diese Landschaft, also bleibe er. Er baue sein Haus, dann werde schon alles...

Rudi will gar keine Antwort hören, er reißt die Schuppentür auf, in dem Moment fährt, mit knatterndem Motor, ein Freund vor, schreit Servus und bleibt im Sattel seines Motorrades sitzen. Sie rufen sich einige Sätze zu, die ich nicht verstehe, dann erst stellt der Freund den Motor ab.

Unter dem schrägen Vordach reden wir über das bevorstehende Fußballänderspiel der Österreicher, wägen die Chancen ab, ich stichle, bis wir uns, laut lachend, hin und her schubsen.

Mit einem Kick wirft der Freund den Motor an und schließt das Visier seines Helms. Mit einem Sprung fährt er los, Dreck spritzt gegen die Bretterwand; die Maschine verschwindet in der Dunkelheit, weit entfernt schaltet er aufheulend in einen tieferen Gang.

Unter dem Vordach läuft eine grobe Reifenspur durch den flockig liegenden Schnee, Öltropfen färben die Pfütze. Nun hört man das Motorrad oben, in der Siedlung…

Am späten Nachmittag fuhren wir weiter, nahmen das letzte Wegstück; ruhig und sicher fuhr Vater durch die Innenstadt. An einem Brunnen in Salzburgs Außenbezirk hielt er an und reinigte die Scheibe des Seitenwagens, befreite sie von den zerplatzten, verschmierten Insektenkörpern.

Die Landschaft flog vorbei, schloß sich hinter uns, zügig rollten wir die Straße auf; langsam wurde ich müde, sah das rauhe, graue Pflaster unter uns weggleiten. Neben mir glänzte Vaters schwarzer Motorradstiefel, schnappte geschickt die Gänge ein. Ich hätte ihn berühren können; ruhig lief der Motor, prasselten die Reifen über Steinchen. Eine ruhige Fahrt, eine schöne Fahrt, hinein in die Ferien, hinein in den Abend.

Kurz vor Ischl passierte es dann. Vater nahm eben eine weitgezogene, schwache Rechtskurve, da wurde auf der Gegenfahrbahn überholt; ein leuchtend roter Wagen raste auf uns zu, wurde schnell größer: Ich schloß erschrocken die Augen, Mutter schrie; ich spürte einen jähen Schwenker, dann brach der Seitenwagen durch einen morschen Holzzaun, geriet in brachliegendes Ackerland, wo es Vater schließlich gelang, das Motorrad anzuhalten. Leise fluchend stieg er aus dem Sattel; hinter mir weinte Mutter. Die Plexiglasscheibe überzogen unzählige feine Sprünge und Risse, das vordere Schutzblech war leicht verbogen, das war alles.

Schweigend standen wir um Motorrad und Seitenwagen auf dem beinharten, staubenden Acker und versuchten, uns gegenseitig zu beruhigen.

Später waren wir weitergefahren; durch die zersplitterte Windschutzscheibe sah die Welt ganz anders aus.

Es war, als setzte sich die Landschaft aus unzähligen kleinsten Stücken zusammen, ein Flickerlteppich, ein Splitterwerk; und so ist es ja auch...

Fußball spielten wir auf der leicht abfallenden Wiese zwischen dem Jochenhaus und der Scheune des Nachbarn.

Das Feld war klein, also kickten wir nur auf ein Tor, mit besessener Lust. Nicht bloß, weil ich als einziger Nockenschuhe trug, galt meine Meinung bei diesem Spiel mehr als anderswo, schließlich war ich damals Flügelstürmer einer Juniorenmannschaft in der Schweiz.

Jeder Ball folgt physikalischen Gesetzen; Erde, Wind, Entfernung. Die Flugbahn ließe sich wohl errechnen; aber Berechenbares solcher Art läßt sich, bei intensivem Training, aneignen.

Stundenlang trainierten wir auf der holprigen Wiese in praller Sonne; unsere Hemden und T-Shirts waren ein farbiger Haufen, neben dem wir erschöpft im Gras saßen, mit entblößtem Oberkörper bäuchlings nebeneinander lagen, Pause machten.

Aus offenen Küchenfenstern wurden wir abends vom Feld gerufen; ohnehin war es bei zunehmender Dunkelheit schwierig, den Ball zu erkennen...

Einmal bildeten wir sogar eine Mannschaft, eine Roither-Auswahl, mit der wir gegen ein Team der Finkerleiten-Siedlung antraten.

Das Spielfeld befand sich in der Finkerleiten und war eher ein Acker denn eine Wiese; immerhin waren Tore mit den richtigen Abmessungen vorhanden, allerdings ohne Netze. Am Nachmittag gingen wir daran, diesen Platz vorzubereiten: wir zogen mit Sägemehl Seiten-, Mittel- und Grundlinien, zeichneten einen zittrigen Strafraum über das staubige, mit spärlichem Gras durchsetzte Feld. Es war sehr heiß, und wir hatten den Spielbeginn auf den späten Nachmittag angesetzt.

Ich war schon damals hochaufgeschossen, fast zu lang für mein Alter, eine schlaksige Gestalt.

Ich spielte als Rechtsaußen, und als ich das erste Mal meinen Gegner sah, wurde mir mulmig: ich spielte gegen einen Riesen, wurde von einem breitschultrigen Kraftprotz gedeckt. Allerdings merkte ich bald, daß der Riese keine Ahnung von Fußball hatte; bei jedem Ballkontakt foppte ich ihn, ließ ihn, mit gekonnter Körpertäuschung, leerlaufen, umtrickste und umdribbelte ihn leichtfüßig. Noch vor der ersten halben Stunde gelangen uns zwei Tore, die wenigen Zuschauer jubelten, und die Balljungen hetzten hinter dem Ball her, der bei den Torschüssen in die netzlosen Gehäuse weit ins Gehölz drang.

Was mich irritierte, war, daß mein Gegner nicht versucht hatte, mich mit unfairen Mitteln zurückzuhalten; grobschlächtig trabte er hinter mir her, stieß wütende Grunzlaute aus. Bis er mir schließlich kurz vor der Pause – ich hatte ihn eben mit einem Sprint stehengelassen – wuchtig von hinten die Beine wegschlug, daß es mich mehrmals überkugelte.

Langsam und gar nicht besonders wütend, erhob ich mich; während des Sturzes hatte ich meine Brille verloren. Jedenfalls stand ich da und suchte kurzsichtig den staubenden Boden ab.

Da gab es ein knirschendes Geräusch, ein trockenes Knakken. Bedächtig nahm der Riese seinen Turnschuh von meinem zerbrochenen, schwarzen Horngestell, stand da, die Arme in die Hüften gestemmt.

Feindselig, aber aus Distanz starrte ich ihn an; er grinste blöde zurück, wippte zierlich mit dem rechten Fuß. In diesem Augenblick verlor ich die Nerven. Ich ging auf ihn zu, nein, auf ihn los und hieb ihm meine geballte Faust auf die breite Brust, schlug ihm mit der ganzen Kraft, die ich aufbrachte, meine verkrampfte Faust auf den imponierenden Brustkasten.

Ich gebe zu, ich hatte erwartet, daß ihn mein gewaltiger Schlag vom Boden heben würde, daß es ihn, in der Luft, mehrmals überschlüge, daß er höher und höher stiege: von meinem Hieb ins All katapultiert oder so ähnlich. Zumindest hatte ich gehofft, daß er zu Boden ginge.

Der Riese tat keinen Wank.

Er sah mich bloß verwundert an, nicht einmal die Hände nahm er von den Hüften; er stand verdammtgenaugleich da wie zuvor. Erschrocken wich ich zurück, jemand reichte mir die zwei Brillenhälften.

Gott sei Dank schlug er nicht zurück.

Den entstehenden kleinen Tumult nutzte der Schiedsrichter, um zur Halbzeit zu pfeifen. Aufgeregt zogen sich die zwei Teams hinter die Tore zurück, besprachen das Spiel, meinen Faustschlag. In der Pause gelang es uns, meine Brille notdürftig zu reparieren; jemand hatte Klebstreifen geholt, eine Schnur. Während der zweiten Halbzeit spielte ich als Linksaußen, entging dadurch dem direkten Kontakt mit dem Riesen. Mein neuer Gegenspieler tat kaum einen Stich gegen mich, dennoch gelang mir wenig; allerdings war nun die gesamte Gegnermeute hinter mir her; meine Dribblings endeten in wahren Spielerknäueln, in denen geknufft und gebolzt wurde, hoffnungslos umkreist vom Schiedsrichter.

Immerhin setzte ich einen Eckball dermaßen genau auf den Kopf unseres Mittelstürmers, daß er nur noch zu nicken brauchte; dieses 3 : 0 war gleichzeitig der Endstand. Wenige Sekunden vor dem Schlußpfiff war es Rudi noch gelungen, dem Riesen während eines Kopfballduells den Ellbogen in die Nase zu donnern.

Sofort sackte dieser in die Knie, rot stürzte das Blut aus seiner Nase, und sie mußten ihn vom Acker führen.

In die Dunkelheit eines fremden Schlafzimmers erwachen. Im Kopf pocht Schmerz, der zunimmt.

Mit den Füßen sich gegen die Bettstatt stemmen, die Arme um den Oberkörper geschlungen.

Wie oft lag meine Mutter wach in diesem Haus, in ihrem Zimmer, das sie mit ihrer Schwester teilte, wie oft horchte sie auf die Stimmen ihrer Eltern; haßte sie das Haus, ihr Zimmer, oder liebte sie es, weil sie dazugehörte.

Wie oft lag ich wach in diesem Haus als Kind, sprach mit meiner Schwester.

Aber gehöre ich in dieses Haus, in dieses Zimmer, lassen sich Erinnerungen überprüfen.

Man sollte alles nehmen, wie es jetzt ist; verloren ist die damalige Zeit ohnehin.

Aber die Erinnerungen ließen sich behalten.

Gegenheimat. Vierter Entwurf

Heimat finden kann man in der Heimatlosigkeit. Die Freiheit dazu.

Natürlich verliert dadurch das Wort Heimat seinen angestammten Sinn.

Was schadet's, sagst du dir und machst dich auf die Reise. Durch den schön geformten Torbogen trittst du aus dem Garten und hast einen Weg vor dir, der sich bald im offenen Feld verliert.

Über dein Ziel machst du dir keine Gedanken. Man läuft ja immer in die falsche Richtung, da hilft weder Karte noch Kompaß.

Tief fliegen Wolken, deine Stirn pflügt die Luft, als wäre dein Kopf ein Schiffsbug.

Steht man, hat man seinen – zugegeben – kleinen Platz: beide Füße fest auf dem Erdboden, lassen sich die Arme weit schwingen; dieser Raum gehört dir.

Geht man, so verliert man diesen Raum, oder du dehnst ihn aus, vergrößerst ihn mit jedem Schritt.

Farnkräuter laufen den Waldrändern entlang, hoch steht das Gras, daß du knapp die wenigen Dörfer ausmachen kannst.

Steht man, kann man sich einreden, am richtigen Ort zu stehen: Hierhin gehöre ich!

Geht man, will man nirgendwo hingehören. Oder überall.

Die Felsen tragen Mützen aus grünem, verfilztem Gewächs, dazwischen erstreckt sich frisch umgebrochene Erde. An Flußufern ist schon das Schilf geschnitten; scharf fährt der Wind in die Stengel, biegt sie gegen das noch warme Wasser.

Steht man, gibt es die Gefahr, vertrieben zu werden. Dann muß man sich einen neuen Ort suchen.

Geht man, vertreibt man sich selbst.

Die Landstriche sind weit genug, denkst du, Wege und Siedlungen aber rar. Ulmen werfen angenehme Schatten, und in den Tälern stehen Stallungen gegen die Leere.

Steht man, stellt sich irgendwann die Sehnsucht ein nach neuen Plätzen. Daran kann man zugrunde gehen, zumindest alle Freude an seinem Ort verlieren.

Geht man, läßt man seiner Sehnsucht freien Lauf. Andrerseits kann man sie verlieren, man befriedigt sie ja fortwährend. Dann wächst ein neues Verlangen: nach einem festen, einem eignen Platz.

Die Wiesen sind große Flächen in verschiedenstem Grün; darin eingeschlossene Häuser wie karge Inseln wirken.

Um Holzzäune wuchern Taubnesseln, steil stehen Hügelkuppen zum Himmel. Es dämmert, in einem Haus wird eine Tür zugeworfen.

Kann man in der Heimatlosigkeit Heimat finden.

Kalvarienberg

In einem nahen Haus schlägt blaffend ein Hund an, kläfft mich aus dem Schlaf.

Kennt man einen Raum, verliert er von seinem Reiz; die Entfernung der Möbelstücke voneinander kann man genau in Anzahl Schritt angeben, man weiß, daß die Tapete hinter dem Schrank, knapp über der weißgestrichenen Bodenleiste, einen kurzen, fasernden Riß aufweist, man wäre fähig, die feinen, nur schwach wahrnehmbaren Ritzen der Zimmerdekke nachzuzeichnen, auf Papier.

Allmorgendlich wird mir das bewußt; auf dem Rücken liegen, die Augen aufschlagen und gleich Bescheid wissen: ah, die Kommode, die drei Schubladen, die furnierte Spanplatte des Tisches, darauf der rote Zedernholzbleistift.

Die Vollständigkeit eines solchen Inventars aus dem Kopf beruhigt; man redet sich ein, daß eine solche Ordnung Bedeutung hat und glaubt, daß man, hat man Überblick über ein Zimmer, eine Wohnung, diese Übersicht auch draußen, in der Welt, anwenden kann... bis du merkst, daß dort eine ganz andere herrscht...

Nun, da ich wach bin, bemerke ich das Tropfen des Wasserhahns.

Der langsame, aber stete Takt treibt mich aus dem Bett. Könnte er nicht, so ließe sich einreden, gar mein Tagesrhythmus werden.

Als Kind stellte ich mir vor, durch eine der zahlreichen Schranktüren des Jochenhauses gelange man in eine andere Welt, ein Märchenland. Die girrende Tür öffnen, in die hölzerne, mit Kleidern gefüllte, nach Stoff und Mottenkugeln riechende Kabine steigen, die Türe zuziehen, und schon öffnet sich die Schrankrückwand, tut sich ein farbenprächtiges Land auf: ein Schritt bloß, und man steht drin.

Zurück konnte ich selbstverständlich durch denselben

Schrank, und in der wirklichen Welt war während meiner Abwesenheit die Zeit stehengeblieben.

Mit der Schwester besprach ich diese Wunschvorstellung. In den Wochen darauf versuchten wir es mit jedem Schrank des Hauses; einer stellte sich hinein, der andere hielt Wache, fragte alle paar Augenblicke – und?...

Jahre später fand ich in einem Schallplattengeschäft eine Hülle, die genau meinem damaligen Traumbild dieses Wunderlandes entsprach:

Eine lehmbraune Straße, die sich über kleine Buckel hebt und senkt, links begrenzt von einer erdigen Böschung, einer tiefgrünen hochstehenden Wiese, in der nur ein Baum steht, aber was für einer: Weit streckt er seine hellbraunen Äste, die alle gleich dick sind wie der Stamm; der eine Ast ragt über die Straße, die Blätter des Baumes sind blau, buschig und sehr dicht. Unter dem Blattdach, nahe am Stamm, eingerahmt von wucherndem Efeu, liegt ein reichverzierter Teppich im Gras, darauf eine Wasserpfeife steht. Im Hintergrund schlängelt sich die Straße einen turmartigen Berg hoch, endet in einem üppigen Grasstreifen, auf dem Zebras weiden. Überall Pflanzen und Bäume in den absonderlichsten Farbtönen, Blumen, deren lianenähnliche Stengel sich die Baumstämme hochwinden, in die Äste hinaus ringeln, im Vordergrund riesige Farnkräuter, Palmen.

Am rosa gefärbten Himmel treiben Wolkenringe wie Rauchzeichen, von der mit Wasser gefüllten Bergspitze schwingen Vögel über die Landschaft, über dies Schlaraffenland.

In einer Landschaft kann man Heimat finden, ohne in ihr geboren worden zu sein; ein Landstrich kann dem eigenen Innern entsprechen. Das spürt man dann sofort, mit dem ersten Blick, dem ersten Schritt.

Aber muß man sich solche Landschaften, solche Heimaten, erfinden, ausmalen.

War nicht die Landschaft ums Jochenhaus damals eine Heimat für mich.

Und für die Mutter?

Früher schon, antwortete sie, heute bin ich in der Schweiz daheim; in Österreich möchte ich nicht mehr leben.

Und ich? Mir sind sie fremd geworden: die Formen der Bergkuppen, die Größe der Wiesen, die Häuser, auch die Menschen, natürlich. Wo ist die grenzenlose Bewunderung für Onkel Johann geblieben, für seine Geschichten, seine sportlichen Leistungen? Ich sehe in ihm jetzt auch den unsicheren, wortkargen Mann, der vieles um des Friedens willen tut. Nicht, daß er mir dadurch unsympathisch geworden wäre, im Gegenteil, aber alles scheint verändert, jedes Bild muß korrigiert werden.

Sind es die Jahre, die die Distanz ausmachen zu Tante Bertha, oder bin ich das selbst, sind es meine Erinnerungen, die im Wege stehen, keine neuerliche Annäherung erlauben?

- Die Schweizer sind wieder da, hatten die Nachbarkinder damals gerufen. Die Fremden!

Nie hätte dieser Satz besser gepaßt als jetzt...

Zufällig, und weil ich die neuen Wege nicht kenne, gelange ich ans falsche Ende der Finkerleiten-Siedlung.

Plötzlich weiß ich, daß ich an dieser Stelle – die breite, asphaltierte Straße geht über in einen holprigen, gewundenen Pfad – schon einmal gestanden bin.

Mit Genugtuung stelle ich fest, daß hier noch alles gleich ausschaut; vor Freude gehe ich einige hundert Meter auf dem Weg, der mich ja in die falsche Richtung führt. Stellenweise ist der Schnee schon weggetaut; der Wald scheint nackt und dunkel. Nichts ließe sich darin verbergen, gar nichts. Kein Unterholz bietet sich an, kein Gesträuch, natürlich kein Laub. Jeder Winkel ist auszumachen, jeder Meter einsehbar.

Fehlen Verstecke, fällt das auf, mir zumindest, derart schutzlos wird etwas hergezeigt.

Es ist ein trostloser Wald, darin Abfälle liegen: zerborstene Flaschen, aufgeschlitzte Plastiksäcke, aus denen Abfall quillt, moderne Matratzen, rostiges Alteisen. Am Hang sehe ich dunkel die vernagelten Stolleneingänge, irgendwo möhnt eine Motorsäge, hell klingen Axtschläge, jeder Hieb zielt exakt ins Genick...

Während eines Urlaubes hatten wir eines der Salzbergwerke besucht; die ganze Familie, Tante und Onkel. In einem großen, schäbig wirkenden Raum bekommen wir die Überkleider ausgehändigt: blaue, grüne oder rote Hosen und Jacken, dazu eine Stoffmütze. Mit einer Grubenlokomotive werden wir in die Anlage gezogen, auf langen Holzbänken sitzen wir und verschwinden in pechschwarzen Tunnels.

Später werden wir zu Fuß durch lange, gewundene Gänge geführt; an den Grubenwänden sind flackernde Gaslampen angebracht, der Führer trägt eine Laterne, die er regelmäßig schwenkt.

Auf hölzernen Rutschbahnen nehmen wir Niveauunterschiede, meine Schwester rutscht zwischen den Beinen des Vaters in die Schwärze, ich alleine.

Manchmal öffnen sich die Gänge zu flachen Salzseen; rundum laufen elektrische Lämpchen, leuchten das Ufer aus, im glasklaren Wasser spiegelt sich das Gewölbe, weit hinten steckt ein Schild im Uferbereich: Glück auf; darunter zwei gekreuzte Hammer.

Ob mir diese Besichtigung Angst machte damals, weiß ich nicht. Es war ja alles so schwarz und gleichzeitig so spannend, und der Führer gab sich derart sicher und ruhig...

Bis zu meinem zehnten Altersjahr traute ich mich nachts nicht zu weit weg vom Jochenhaus; schien nicht der Mond, war es stockdunkel, von anderen Häusern sah man kein Licht. Wie mich die Dunkelheit ängstigte, reizte sie mich: Jeden Abend stieß ich die Haustür auf und trat, mitten im Lichtspickel gehend, hinaus in die Nacht. Mit der Zeit wagte ich mich bis zu zehn Schritt weg vom Ende des Lichtscheins, hinter mir wußte ich ja die offene Tür...

Schweigend tauchen wir Löffel in Suppenteller, fast im selben Rhythmus klirrt das Porzellan. Schweigen kann man aus den verschiedensten Gründen, und nicht immer bedeutet es, daß man sich nichts zu sagen hat.

Tante Bertha mußte Johann mehrmals zum Essen rufen, er hatte im Schuppen zu tun. Mit der Axt spaltete er Holz, stapelte es anschließend bis unters Hüttendach.

Mehrmals lehnte die Tante weit aus dem Fenster und rief nach ihm; schließlich schickte sie mich nach draußen, den Onkel zu holen, da sonst das Essen kalt werde.

Das anschließende Gekeif zwischen den beiden nahm ich kaum ernst, da ich es eher als Spiel ansehe; eines, mit gar nicht so einfachen Regeln.

Eine besondere Art von Zärtlichkeit.

Mit uns ißt die Tochter meines Cousins. Neben ihrem Teller liegt ein Stapel Schulhefte, alle in dasselbe rot-weiß karierte Papier eingeschlagen und mit säuberlich beschrifteten Etiketten beklebt. Bei der Tür sitzt die Katze, beobachtet uns; auf der Straße eine nicht abreißende Autokette: der Mittagsverkehr.

Wir stellen die leeren Teller zusammen und beginnen miteinander zu reden, Tante Bertha zerteilt mit ruhigen Bewegungen die Apfelwähe.

Aufgeregt liest das Mädchen einen Aufsatz vor, den sie, wie sie rasch beifügt, morgen abgeben soll.

Wir Fischlein: Ich bin unterm Eis mit meiner Familie. Wir müssen immer flüchten, wir sind nämlich kleine Fische, und es gibt auch große Fische. Die wollen uns fressen. Jetzt erzähle ich nichts mehr von den großen Fischen, weil wir kleinen Fische wichtiger sind. Heute morgen sind zwei Mädchen gekommen. Die sind auf unserem Teich gelaufen, mit solchen komischen Schuhen mit grauen Stäben unten an den Sohlen, und dann liefen sie immer schneller und schneller. Es passiert vielleicht jeden Winter. Ich bin nämlich neu hier im Teich, und meine Mutter und mein Vater und meine Geschwister natürlich auch...

- Schau her, ruft Onkel Johann und holt im Wohnzimmer den Entwurf für eine Glöcklerkappe, hier laufen die Leut auch Schlittschuh!

Auf einer endlos in die Tiefe des schwarzen Papiers skizzierten Eisfläche drehen einige Läufer Runden, eine Eistänzerin wirbelt eine Pirouette, und in der linken Blatthälfte flitzt ein Puck übers Eis, Buben jagen hinter ihm her, tief gebückt über den Stöcken.

- Das ist der letzte Entwurf. Jetzt kann man sie ausschneiden und hinterlegen. Das farbige Papier kauft Rudi ein, und am 5. Jänner, der letzten Rauhnacht, ist es soweit. Schad', bist nicht da.

Schöner freilich noch ist der Fasching. Da sind die Leut' hier Spezialisten, da geht's hoch her!

- Was redest denn du, fährt die Tante dazwischen, du bist ja gar nicht von hier, was weißt denn du vom hiesigen Fasching!

Aufgebracht öffnet sie den Kühlschrank, stellt eine Dose Kaffeerahm auf den Tisch, zwischen Zuckerschale und Kaffeekanne; schweigend treibe ich mit dem Handballen den Dorn des Öffners ins Blech.

Seit 1953 nehme der Fasching seinen Anfang mit dem Kinderumzug durch die Lamba. Nach dem Austrommeln des Faschings finde am Sonntagnachmittag der große Faschingszug statt.

Seinen Höhepunkt erreiche der Fasching aber am Fetzenmontag. Am Nachmittag ziehe der Fetzenzug von der Kohlstatt aus durch die ganze Lamba; angeführt würden die bis zu zweitausend Fetzen von den Pritschenmeistern, die als Faschingspolizisten amteten und den Weg freizuhalten hätten. Diese Pritschenmeister trügen bunte Harlekinsgewänder mit aufgenähten Schellen und schlügen den Takt zur Musik mit ihren Pritschen, eingesägten Holzklappern.

- Wie, frage ich, ist denn dieser Fetzenzug entstanden?

Draußen schneit es, große Flocken wirbeln beinahe waagrecht am Fenster vorbei, Onkel Johann steht auf, zündet die Tischlampe an.

Auf meine Frage weiß die Tante keine Antwort, also holt Johann einen Bildband aus der Wohnwand, blättert den Textteil durch.

- Da, sagt er befriedigt und zieht seine Brille aus dem Etui.

- »Einst drang in das damals kleine Dorf die Kunde von den prunkvollen Maskenumzügen in den Städten. Auch die Bewohner hätten dies gern in ihrem Ort gesehen, doch wie hätten sich die armen Holzknechte, Salinearbeiter und Schiffsleute diese Prunkkostüme leisten können? So entstand die Idee, den Prunkfasching einfach umzukehren.«

- Moment, meint Johann, trinkt einen Schluck Kaffee und zwinkert seiner Enkelin zu, die auf einem Papier Strichmännchen malt, alle gleich groß und eng beieinander, ohne sich jedoch zu berühren.

- »Und auch heute noch ist nichts schäbig genug«, liest Johann weiter, »um als Verkleidung zu dienen. Neben dem Fetzenkittel sind es besonders die furchteinflößenden, meist holzgeschnitzten Masken und der Hut, die zum Erscheinungsbild des Fetzen beitragen.«

- Genau, unterbricht meine Tante, am lustigsten sind die Hüte. Da siehst du Hüte mit Papierblumen, mit Puppen, ausgestopften Tieren oder gar mit ausrangierten Vogelkäfigen.

- Und während des Umzugs, fällt ihr der Onkel ins Wort, schleppen sie alte Besen und lädierte Regenschirme mit. Oder die Fetzen nehmen Mädchen aus dem Publikum in alten Kinderwagen ein Stück weit mit. Nach dem Umzug geht es in den Wirtshäusern weiter. Da wird einem unter dem Inkognito der Maske all das gesagt, was man sich das Jahr über nicht immer zu sagen traut. Austadeln nennen wir das!

Onkel Johann klappt das Buch zu, schiebt es auf die Eckbank. Selbst gehen sie kaum je zum Fasching, ihnen ist das alles zu bunt, zu laut, sagen sie.

Als Kind geriet ich einmal in eine Gruppe lärmender Narren. Schreiend, in wilden Sprüngen, waren sie über die verschneite Straße gesetzt, mit langen zottigen Bärten, wehenden Haarsträhnen und schrecklichen Masken, diesen Riesenmäulern, Knollennasen. Einer hatte einen groben Leinensack geschwungen, daß es nur so zischte.

Daß sie es nicht auf mich abgesehen hatten, sah ich erst im Wegrennen, und da kreischte schon das eingekreiste Mädchen…

Nicht bewegen, ganz still sitzen, nur die Augen wandern lassen durch den Raum, das genügt.

Am liebsten bei geschlossenen Vorhängen, im Dämmerlicht, das verwischt die Konturen, bringt die Gegenstände einander näher.

Ähnlich sitze ich in meinem eigenen Kopf, auf einem sicher plazierten Stuhl, zum Glück ist verdunkelt. So kann ich beifügen, kann wegnehmen wie ich will, wie sich's ergibt, nichts läßt sich genau erkennen bei dem Licht, bei der Distanz.

Von den sieben Geschwistern meiner Mutter kenne ich die wenigsten.

Während der Ferien wohnten wir bei ihrer Schwester Bertha im Jochenhaus, und auf Besuchen begleiteten wir Kinder die Eltern selten.

Mit dem Rad fahre ich zu Tante Klara; die Straßen werden, je weiter man sich von Roith entfernt, schäbiger, es mehren sich die tiefen Schlaglöcher, in denen das Schmelzwasser steht.

Gleich nach der Bahnschranke biege ich ab auf die nicht asphaltierte Zufahrtsstraße, die parallel zum Schienenstrang verläuft. Auf der anderen Seite erstreckt sich das Werkareal der neuerstellten Saline, aus den Schornsteinen stoßen dunkle Schwaden, die sich mit den tief treibenden Wolken vermischen. In weiten Abständen stehen am Berghang Tannen, in schroffen Runsen tritt nackter Fels hervor, die Kuppe des Hanges verschwindet im Gewölk: ich kenne auch so den Verlauf des Horizontes.

Zuletzt führt mich der Weg durch Wald; es ist, als schluckten die Stämme alle Fremdgeräusche. Was zu hören ist, kommt aus dem Gehölz, keinesfalls von außerhalb. Durch den Schnee laufen Tierspuren und verlieren sich.

Weitab vom Weg erkenne ich auf einer Lichtung zwei um ein Auto gruppierte Wohnwagen; komfortable, große Anhänger mit breiten, blau schimmernden Scheiben. Über den Raum zwischen den Wohnwagen ist eine weite Plastikplane gespannt, die an der Nordseite im Boden verankert ist...

Erinnerungen und Sätze kommen, da braucht es nur ein ähnliches Bild...

Jeden Sommer, hatte mir Mutter erzählt, kamen die Zigeuner. Sie lagerten am Waldrand, ganz in der Nähe des Jochenhauses. Obschon wir die Fremden fürchteten, war ihre Ankunft mit Roß und Wagen jedesmal ein Ereignis. Tauchte ihr Planwagen auf, holten die Frauen die Wäsche von der Leine, man sperrte die Hühner ein, nahm die Kleinkinder ins Haus. Hinter zugezogenen Gardinen beobachtete man die Fahrenden. Nur wir Kinder trauten uns näher an die lodernden Feuer, um die dunkle Menschen im Kreis saßen. Immer spielte einer Gitarre, und die Frauen tanzten dazu, daß die schwarzen langen Haare flogen, weit die bestickten Röcke schwangen.

Mit den Kindern der Zigeuner sprachen wir kaum ein Wort: Scheu und gleichzeitig sehr herausfordernd blickende Knaben, die mit scharfen Messern fortwährend an Ästen herumschnitzten, und hübsche, stolze Mädchen, die sich mit lauten Stimmen zwischen den Buben behaupteten. Wie man uns den Umgang mit ihnen verboten hatte, war wohl auch ihnen geraten worden, sich von uns fernzuhalten.

Einmal hatten sie einen Tanzbären dabei, einen Braunbären, dem büschelweise die Haare ausgingen. An einer Kette geführt, tanzte er behäbig zu Drehorgelmusik, klatschte tapsig mit den Vorderpfoten, trottete tolpatschig im Kreis mit seinem zerbissenen Maulkorb...

Als ich unter einer hohen Tanne durchfahre, entlädt sich der eine, weit über den Weg sich streckende Ast, seiner Schneelast; weiß gepudert fahre ich die letzten Meter. Eiskalt rinnt mir Wasser in den Hemdkragen, fröstelnd lenke ich zwischen den um das Wohnhaus gebauten Schuppen und Garagen hindurch.

Das langgestreckte Gebäude wirkt baufällig, in Placken blättert der milchweiße Verputz von den Mauern, die Fensterrahmen gehörten längst gestrichen. Dennoch gefällt mir dieses Haus.

Vor allem die Umgebung ist außergewöhnlich, rundum erstreckt sich endloser Nadelwald, unweit fließt der Fluß in sanften Windungen; kein Haus, kein Gehöft weit und breit, man ist hier ganz für sich.

Um den bekiesten Vorplatz stehen Holzschuppen, denn das Haus ist nicht unterkellert. Jetzt, im einfallenden Winter, ist kein Mensch zu sehen. Doch im Sommer sitzen die Bewohner oft zusammen vor dem Haus, spielen Karten, reden oder essen zusammen.

Die dreizehn von der Marktgemeinde zur Verfügung gestellten Sozialwohnungen sind äußerst klein; die meiner Verwandten umfaßt gerade zwei Räume; Toilette und Dusche befinden sich außerhalb. Das Wohnzimmer mit eingebauter Kochnische ist frisch geweißelt, in der Ecke, in der das Sofa steht, hängen wie früher Vogelkäfige: Bis auf ein kunstvoll aus Holz gedrechseltes Häuschen sind alle aus Metall; fortwährend pickt einer der Vögel gegen die Stäbe.

- Das ist aber eine Freude, daß du mal wieder herfindest! Klara schiebt mich auf die Eckbank, stellt gleich eine gekühlte Flasche Bier vor mich und läuft aus der Wohnung, um Karl, ihren Mann, zu holen, der bei Freunden in der Wohnung sitzt.

Allein in der vertrauten Wohnung ist nichts, das mich ablenken könnte; alles zieht Bilder an, alles paßt irgendwohin, weist in eine Richtung…

… Damals war Sommer gewesen. Unser stumpfgelber vw-Käfer stand auf dem Vorplatz, an den Schuppenwänden lehnten Fahrräder, und aus dem offenen Stubenfenster hörten wir die Eltern mit Klara und Karl reden. Ich muß in die zweite Klasse gegangen sein, jedenfalls trug ich kurze, breit gerippte Manchesterhosen. In der warmen Luft surrten Insekten, junge Katzen spielten zwischen den Schuppen.

Wir waren ungefähr gleich viele Jungen wie Mädchen; rannten wir über den Platz, staubte es sekundenlang, im Wald war es kühler, der Boden war weich und gab nach bei jedem Schritt. Immer tiefer verschwanden wir zwischen den Bäumen, im Gestrüpp; die biegsamen Zweige sirrten gegen die nackten Beine, wo sofort rote Striemen zu brennen anfingen, aus vereinzelten Tannenstämmen tropfte gelb und zähflüssig das Harz, Sauerklee stand zwischen den Bäumen, penetrant riechend, knallgrün. Wer aber kam auf die Idee.

Ich nicht; nein, bestimmt nicht.

Bald sagte einer Worte wie MUT und ANGSTHASEN oder WER TRAUT SICH ZUERST.

Und schon sitzen wir im Kreis, der Boden ist warm, trocken und unheimlich weich, überall liegen Nadeln, Blätter und Äste, die sich mit sanftem Druck brechen lassen. Einer springt auf und uriniert an eine unglaublich hochaufgeschossene Pflanze. Das ist ein Bild: sein leicht gekrümmter Rücken, die gespreizten Beine, die zwischen die Oberschenkel führenden Arme und der gelbliche, scharfe Strahl, der auf die Blätter prasselt.

Später sah ich in einem Herbarium nach, ich war fasziniert von dieser in die Höhe explodierten Pflanze: Engelwurz, *Angelica archangelica*, auch Brustwurz oder Dreieinigkeitswurzel genannt; nach der Legende soll der Erzengel Raphael einem Waldbruder erschienen sein und auf die Heilkraft des Engelwurz hingewiesen haben...

Kaum hat er sein Wasser abgeschlagen an dieses Pflanzenmonstrum, dreht er sich langsam um, und da hängt es aus der Hose, ohne jedes Haar.

Das war das Startzeichen.

Aber mir ist das unheimlich, die Sonne verschwindet auch hinter einer Wolke, da wird es gleich merklich kühler, dunkler ebenfalls, und sind die Bäume nicht plötzlich schwarz, und kann man nicht sehen, was wir hier treiben, mitten im Wald.

Kurz nur nehme ich meinen Schwanz aus der Hose, keiner hat ihn gesehen, das ist gut so, und dann bin ich eben der Feigling, der Drückeberger, über den man lacht, der sich nicht traut, der sich ohnehin nichts traut, und ich lauf' aus dem Wald, in die falsche Richtung zuerst, weiter hinein zwischen die dicht stehenden Bäume...

Onkel Karl ist ein kleingewachsener Mann mit hoher Stirn und tiefliegenden dunklen Augen, die durch die dicken Brillengläser noch größer erscheinen; langsam wie Karl redet, bewegt er sich auch. Jede Bewegung braucht ihre Zeit, wirkt gemessen und wohlüberlegt.

Breit grinsend begrüßt er mich, offeriert gleich eine Zigarette, reißt ein Streichholz an.

Tante Klara eilt betriebsam durch den Raum, öffnet Kühlschrank und Küchenbuffett, stellt eine große Jausenplatte auf den Tisch und brüht Kaffee auf.

Die Leute, die in diesen Sozialwohnungen leben, stehen in schlechtem Ruf. Aber als Außenseiter haben sie auch gewisse Freiheiten, die eher an Narrenfreiheit erinnern. Die Einheimischen begegnen ihnen abschätzig: Beginnt man über das Haus mitten im Wald zu reden, geschieht es, daß der Gesprächspartner abwinkt, mit mißtrauischem Gesicht. Man ist zwar bereit, absonderliche und gefährliche Geschichten über sie weiterzuerzählen, will aber gleichzeitig nichts mit »denen« zu tun haben.

Aus der Dachrinne tropft Schmelzwasser; wenn der Wind geht, platzen die Tropfen gegen die Fensterscheibe, was jedesmal die Vögel aufschreckt.

- Letzten Winter, erzählt Tante Klara stolz, hat Karl genau zehn Kilogramm Sonnenblumenkerne an die Vögel verfüttert!

Früher sei Onkel Karl auch mit den Vogelfängern in den Wald im Spätherbst; das Vogelfangen sei ein alter Brauch in der Gegend, in anderen Gebieten sei es längst verboten.

Gefangen würden vor allem Gimpel, Zeisig, Stieglitz und Kreuzschnabel.

- Der Kreuzschnabel, unterbricht Karl kichernd, soll vor Gicht schützen!

Ausführlich erklärt er darauf, wie die Vögel gefangen werden:

- Erst befestigt man die Klemmeln, das sind die Fangeisen, im Baum. Setzt sich ein Vogel auf das im Geäst versteckte Hölzchen, greifen zwei gepolsterte Fanger aufwärts um seine Fesseln. Der Vogel will natürlich wegfliegen, ist aber festgehalten, und seine Kraft reicht nur, um den Klemmel aus dem Stamm zu ziehen. Mit dieser Last am Bein schwebt er sanft auf den Boden. Damit die Vögel auf den mit Klemmeln versehenen Baum kommen, setzt man oft einen mit Steigen befestigten Lockvogel in die Äste, der mit seinem Gesang die Artgenossen anlocken soll...

Obschon ich weiß, wozu die Vögel gefangen werden, mache ich ein betroffenes Gesicht, drücke energisch die Zigarette aus, zerbrösle den gesprenkelten Filter.

- Die Vögel sind Stuben- und Fensterzier, beschwichtigt Klara, sie überleben auf diese Weise bestimmt den strengen Winter. Im Frühjahr läßt man sie wieder frei. Außerdem werden die schönsten Exemplare bei alljährlichen Ausstellungen prämiert.

Onkel Karl pafft unaufhörlich Zigaretten; hat er eine neue aus dem Päckchen gefingert, verstaut er es sorgfältig in der Brusttasche seines Barchenthemdes, das Wegwerffeuerzeug läßt er auf dem Tisch liegen. Redet er, stößt er mit jedem Wort eine Rauchwolke aus; überhaupt qualmt es fortwährend aus seinem Mund; sein Körper dünstet geradezu den Rauch aus.

Einmal hat er mich als Kind mitgenommen auf eine solche Vogelausstellung. Auf dem Parkplatz des Gasthauses standen dichtgedrängt Autos und Traktoren, und im Schankraum war jeder Stuhl besetzt. Im angrenzenden kleinen Saal waren die Tische beiseite geräumt, den Wänden entlang hingen, in mehreren Reihen übereinander, die Käfige. Kantige Burschen in grünen Jankern, Kniebundhosen und klobigen Schuhen standen vor den ausgestellten Vögeln und fachsimpelten. Lauter als das Gemurmel der Männer allerdings war das Singen und Zwitschern der Vögel gewesen, das aufgeregte Flügelschlagen, das helle Picken an den Gitterstäben. An jedem Käfig hing eine handgeschriebene Nummer, einzelne Männer – Preisrichter, wie ich heute annehme – waren bedächtig von Käfig zu Käfig gegangen, hatten in kleine Hefte notiert.

Durchs Fenster hatte ich Traktoren auf den Platz biegen sehen, mit ratternden Motoren, und über den großen groben Reifen waren Frauen gesessen in wippenden Blechsesseln. Vor der Preisverleihung hatten wir das Gasthaus verlassen, im Schankraum hatte eben ein dicker Mann mit hochrotem Gesicht der Serviertochter unter den kurzen schwarzen Rock gelangt, aber da war die Tür zugeworfen worden...

Tante Klara reicht mir den Schlüssel für das Klohäuschen; draußen ist es wärmer als die Tage zuvor, überall schmilzt der Schnee, auf dem betonierten Weg zum Abtritt glänzt eine große Lache, pappige Schneehäufchen liegen entlang der Hauswand.

- Seit 1949 bin ich Mitglied der SPÖ, sagt Karl, und darauf stoßen wir an, leeren die Flaschen; Klara eilt in Strümpfen zum Eisschrank, stellt uns neues Bier auf den Tisch.

- Zu seiner Meinung hat dein Onkel immer gestanden, bestätigt die Tante und schiebt mir ein weiteres Stück Linzertorte zu.

- Im Geschäft, er hat ja wie ich in der Weberei gearbeitet, hat er kein Blatt vor den Mund genommen, umspringen hat er mit sich nicht lassen.

- Den Obermeister, mit dem ich zur Schule gegangen bin, habe ich konsequent geduzt, ein halbes Jahr lang, bis der Trottel von diesem lächerlichen Sie abgekommen ist. Gab es Probleme in der Abteilung, sind die Frauen zu mir gekommen: Geh Karl, kannst nicht mit dem Meister reden. Ich hab' mir einiges leisten können, man nimmt mich nie ganz ernst.

Unsereins nimmt man nicht für voll! Karl lacht und klöpfelt die letzte Zigarette aus dem Päckchen; im Schlafzimmer holt er neue, als er sieht, daß ich die leere Schachtel zerknülle.

- Da, schenk ich dir, österreichische Zigaretten, die gibt's bei euch nicht.

Ihre Gastfreundschaft ist grenzenlos, steigert sich manchmal zu demütiger Ergebenheit; man merkt, daß sie zu kurz gekommen sind: die erfahrenen Verluste machen sie wett durch übertrieben aufmerksames Verhalten Leuten gegenüber, die sie mögen, von denen sie Verständnis und Achtung spüren.

Ich habe mich jedesmal wohlgefühlt hier in dieser engen Wohnung, in der Vögel in Käfigen hüpften und pfiffen, mir paßte die Umgebung, dieser Wald, durch den nur wenige Wege führen, das sandige, mit ausgewaschenen Steinen durchsetzte Flußufer, dessen Schwemmgut wir durchwühlten, diese zersplissenen Bretter, verbeulten Tonnen, zerfetzten Schachteln, dank derer sich abenteuerliche Geschichten mit Schiffbruch, Baumhütten, einsamen Inseln erfinden ließen.

In der Eckbank bewahrte Tante Klara die Comic-Hefte ihres einzigen Sohnes auf; kleinformatige, auf jeder zweiten Doppelseite farbig gedruckte Serien, hauptsächlich Rittergeschichten: Sigurd hieß der Held, ein blondgelockter, kräftiger junger Mann, der fortwährend über sattgrüne Hochebenen preschte, von wilden Reiterhorden verfolgt, selbst auf der Jagd, was weiß ich.

Ganze Nachmittage saß ich hier unter dem Eßtisch, an die Eckbank gelehnt; da interessierte mich nicht das schönste Wetter, das Schreien und Lachen der anderen Kinder, da schwang ich mich auf mein Pferd, gab die Sporen, zog das Schwert, parierte, bezwang die ärgsten Gegner, küßte die schönsten Burgfrauen.

Daß es immer einen Bösen, einen Guten gab, daß sich diese so säuberlich unterscheiden ließen, hat dich beruhigt damals.

Durchs Fenster sehe ich einen Mann eine Schuppentür

aufschließen, auffällig leuchtet seine rote Strickjacke; mühsam schleppt er einen Spaltstock aus dem dunklen Raum, eine langstielige Axt. Bei jedem seiner Axthiebe flüchten die Vögel verstört von einer Käfigecke in die andere, aufgeregt piepsend.

Seit ich an den Geburtsort meiner Mutter zurückgekehrt bin, erzählt man mir Geschichten aus dem Krieg, ich brauche gar keine Fragen zu stellen.

Onkel Karl mußte wegen seines Augenleidens nicht einrükken; erst im Mai 1945 erhielt er den Marschbefehl.

- In die Tschechei wollte man mich noch schicken, aber dort war schon der Ruß.

1943 habe er beim Bau des KZs mitgearbeitet, keiner habe anfangs ja gewußt, wozu man das Gelände einmal verwenden werde. Er habe Lebensmittel und Jause holen müssen, für die Facharbeiter, Zimmerleute und Poliere.

Das KZ-Areal habe sich über das ganze Finkerleitenplateau erstreckt, rundum sei ein Stacheldrahtverhau gelaufen, ein elektrischer Zaun. Anfangs habe man die Gefangenen in geschlossenen Lastwagen herauftransportiert, später habe man sich diese Mühe erspart...

Still sitzen wir am Tisch, das Wasser tropft vom Dach, der Mann spaltet Holz, viel zu laut stellt Karl seine Tasse auf den Tisch.

Ich biete ihm eine Zigarette an, aus der Schachtel, die er mir geschenkt hat; die Streichhölzer lasse ich liegen, nehme statt dessen das Feuerzeug.

Von der Schweiz erzähle ich, richte endlich Grüße aus, berichte von den Eltern, der Schwester; mich selber lasse ich aus dem Spiel, weil ich jetzt flüssig reden will, ohne einmal zu stocken, Satz an Satz. Immer findet sich Belangloses, womit sich Gesprächspausen füllen lassen, damit das Schweigen nicht überhand nimmt...

Bevor ich gehe, lasse ich mir von Karl die Vögel zeigen. Geduldig öffnet er jeden Käfig, nimmt die Vögel auf den gekrümmten Zeigefinger, wo sie, leicht zitternd und gurrend, sitzenbleiben.

Tante Klara kommt mit hinaus. Ich sitze bereits im Radsattel, da streckt sie mir einen Geldschein hin, ich wehre ab, sie drängt, mit beleidigtem Gesichtsausdruck, schließlich nehme ich die Note.

Langsam fahre ich an, umkurve die ärgsten Pfützen, hinter dem Wohnzimmerfenster sehe ich aufgeplusterte Vögel, über dem schwarzen Wald schweben lautlos ein paar Krähen.

Was bedeutet es, wenn man eine Landschaft, eine Stadt nur erträgt, wenn sie im Autorückspiegel verschwindet, hinter einem zurückbleibt, was gibt es gegen diese Gebiete aus Asphalt, Beton und Stahl, läßt sich etwas dagegen setzen, und was? Ist man nicht ausgeschlossen, von Anbeginn? Hinter verschlossenen Scheiben das Grauen, Öde und Langeweile.

In der Landschaft rund ums Jochenhaus, in meiner Ferienlandschaft, war dies anders; mit ihren Wiesen und Waldstükken wollte ich mich einlassen, mit den Erdmugeln, Bergreihen; beide Füße fest auf dem Erdboden.

In diese Landschaft wollte ich hineingehen, hineinfahren meinetwegen, aber hinein und nicht hindurch, um sie hinter mir zu lassen; nein, drinsein, drinbleiben, für immer am liebsten. Oder nicht.

Du kannst eintauchen in eine Landschaft, kannst dich ergehen in ihr und, weit entfernt, als Strichlein am Horizont, in ihr verschwinden.

Das Tauwetter hält an, in der grellen Sonne glitzern die Schneeflächen, hell wölbt sich der Himmel.

Onkel Johann will mir eine Einsiedlerklause zeigen, mitten im Wald der Bergkuppe, an deren Fuß das Städtchen den Flußlauf säumt. Zwischen den Häusern zweigt der Schotterweg ab, führt in einigen spitzen Kehren zu der endlosen Treppe, die schräg den steilen Hang des Kalvarienberges quert. Die hohen Treppenstufen sind mit einer dünnen, zerbrechlichen Eisschicht bedeckt, der Hang liegt bis nach

Mittag im Schatten, auf dem Handlauf des Geländers pappt Naßschnee. Einen leichten Bogen beschreibend, zerteilt der Fluß den Ort, das graue Wasser wirkt gefroren, so ruhig strömt es in dem betongefaßten Kanal zwischen den Häuserzeilen dahin, selten treibt etwas mit, ein Stück Holz vielleicht. Hinter dem See erkennt man die breiten, weit den Berg hinaufreichenden Terrassen des Steinbruchs; Lastkähne bringen das Gestein übers Wasser, am Ufer werden die Brocken in die Loren gekippt und zur Fabrik befördert.

Über die Brücke fährt ein riesiger Lastwagen, der dröhnende Motorenlärm vervielfacht sich in den engen Gassen.

Endlich ist der Himmel wolkenlos, dennoch wirkt er nicht weit. Zu hoch und bedrohlich verstellen Bergmassive die Sicht.

In regelmäßigen Abständen stehen am Weg Bildstöcke; in dunkles Holz geschnitzt, werden die Leiden Jesu dargestellt; hinter grobmaschigen Gittern flackern Windlichter, die Steinplatten vor den Bildstöcken sind von Schnee und Eis gesäubert.

Nur am Ende der Treppe liegt der Schnee kniehoch; der Zugang zur Kapelle ist nicht freigelegt. Eine große Hangpartie ist abgeforstet, auf den Strünken liegen weichgerundete Schneekappen...

Mühsam stapfe ich zur Kapelle.

Durch ein staubiges Fensterchen sehe ich ins dämmrige Innere, erkenne die vorderste Bankreihe, einen Stapel Gebetbücher, den mit abgebrannten Kerzen umstellten Altar. Durch das mehrfarbige Bogenfenster im Chor fällt ein wenig Licht, greift als schmaler Spickel über die weißgekalkte Wand...

Eine ältere Schwester meiner Mutter arbeitete während des Krieges als Krankenschwester in einem Lazarett. Was sie in den überfüllten, schlecht eingerichteten Hospitälern erlebte, muß sie dazu bewogen haben, bald nach Kriegsende in den Orden der Barmherzigen Schwestern einzutreten.

In Linz, wo sie im Ordensspital arbeitet, besuchten wir sie einmal jeden Urlaub.

Meist parkten wir unweit der Domkirche, deren Mauern von einer dünnen, zähen Ruß- und Dreckschicht überzogen waren. An einem hohen Torbogen des Nebengebäudes des Spitals mußten wir läuten; ein Portier betätigte den Türöffner, winkte uns an seine Loge und fragte nach dem Namen der Schwester, die wir zu besuchen wünschten.

Dann benachrichtigte man Fabiana.

Ich kenne nicht ihren weltlichen Namen, wird mir bewußt, als hätte ich versagt: denn Fabiana hat mir immer ausnehmend gut gefallen.

Besuchten wir sie, aßen wir im Spital zu Mittag. In einem Raum, an dessen Wänden Linolschnitte und ein helles Holzkreuz hingen, servierte uns eine Oberschwester das Essen, das sie von einer Durchreiche quer durch den Raum an den mit einem bestickten Tuch und einer Blumenvase geschmückten Tisch brachte. Nicht immer sprach Fabiana das Tischgebet. Daß Mutter, mit gefalteten Händen und gesenktem Kopf, leise vorbetete, war uns neu.

Müßte ich Mutters Schwester beschreiben, ich hätte Mühe damit, käme unweigerlich auf ihr bis zu den Fesseln fallendes schwarzes Gewand zu sprechen, die spitze weiße Haube, das darübergelegte schwarze Tuch, die umgebundene dunkle Schürze. Was sah ich von ihr, außer ihrem blassen Gesicht? Die fein geschwungene Nase, die hinter Brillengläsern versteckten SANFTEN Augen, ihre fahlen, abgearbeiteten Hände genügen kaum, einen Menschen zu beschreiben. Dennoch hatte ich bei jedem Besuch das Gefühl, diese Frau zu kennen. Durch lange Korridore mit blank gebohnerten Fußböden führte sie uns, stand an hohen Fenstern, sah wortlos in den grünen Innenhof, in dem Bäume sich geräuschlos im Wind bewegten, und zeigte uns ihr Zimmer, eine winzige, lichtdurchflutete Kammer mit wenigen einfachen Möbelstücken.

Einmal führte sie uns auf das Flachdach des damals neu errichteten Spitalhochhauses; an der hüfthohen Brüstung standen wir schweigend, denn sie erklärte uns nicht diese Stadt, in der sie seit Jahren lebte, sie zeigte nicht mit ausgestrecktem Arm und spitzem Zeigefinger auf Gebäude und Türme.

Sie ließ uns selbst sehen, ohne Anweisungen, das imponierte mir. So sah ich, was ich sehen wollte: Breit zog die Donau durch Linz, am entfernteren Ufer war eine Kirmes aufgebaut, pausenlos hoben und senkten sich bunte Kabinen, ein rotweiß gestreiftes Zirkuszelt leuchtete herüber, Windstöße trugen Musikfetzen zu uns, und trotzdem war alles so still, so leergefegt.

WEISS hast du damals verwundert gedacht, weiß ist diese Welt, weiß und unberührt, die Welt von Fabiana, daß man sich ruhig hinsetzen möchte, um einmal ganz anders zu denken anzufangen...

Unweit von Linz gibt es ein beliebtes Ausflugsziel, den Pöstlingberg; von der Terrasse des Restaurants hat man eine wunderbare Sicht über Stadt und Fluß, das Hinterland... Die Attraktion aber war die Grottenbahn; die Bahn selber war ein fauchender, gutmütiger Drache, in dessen langen Körper man sich setzte, dann ging es rundherum, vorbei an Nischen, deren Motive eine Geschichte darstellten. Oberhalb der Grotten standen die Motivtitel: Zwergenkönig – FRAU HOLLE – Zwergenküche – ROTKÄPPCHEN... Zwischen den bekannten Märchen jeweils ein Zwergenbild.

Genau erinnere ich mich an das eine Zwischenbild, den Käferüberfall: Vier Zwerge wehren sich gegen eine Überzahl Käfer, alles ausgestattet mit furchterregend großen Zangen, dicken Panzern. Die Zwerge schlagen mit Knüppeln auf das Ungeziefer ein, mit verzerrten Gesichtern, zornig aufgerissenen kleinen Mündern; an den Füßen tragen sie, wie auf jedem Bild, karierte Filzpantoffeln.

Seltsamerweise gefiel mir diese Darstellung weitaus am besten, nur war ich nicht sicher, auf wessen Seite ich stand. Unter der Grotte war auf einer künstlich verwitterten Tafel zu lesen:

EIN ÜBERFALL, WIE SCHRECKLICH, SEHT!
DOCH SCHNICK UND SCHNACK ZU LEIBE GEHT
DER FRECHEN KÄFERBAND'
MIT KNÜPPELN IN DER HAND.

Hatte die Bahn ihre Rundfahrt beendet, stand man in einer kleinen Märchenstadt mit niedlichen Häusern, mit Bäckerladen, Metzgerei, mit Marktfrauen und Spaziergängern. Und darüber spannte sich ein Sternengewölbe, ein nachtblauer Himmel, übersät mit Sternen, kleinen und großen.

Staunend waren meine Schwester und ich an Fabianas Hand an den Häuschen vorbei gegangen, die Augen in diesem Traumgewölbe, diesem endlosen Himmel...

Wie harmlos einzelne Bilder werden, soll man sich wehren dagegen?

- Die Tür, sagt Onkel Johann beleidigt, ist abgeschlossen, er rüttelt am Tor der Kapelle.

- Bei den vereisten Treppen wird ja auch keiner auf die Idee kommen, hier oben zu beten!

Rotlackierte, tief eingeschneite Stangen markieren den weiteren Verlauf des Weges; an einem Aussichtspunkt ragt bloß die eidottergelbe Lehne der Sitzbank aus dem Harsch. Zwischen den Bäumen verliert sich der Pfad vollends: Nur selten noch stoßen wir auf eine der roten Wegmarkierungen an einem Stamm.

- Ach, winkt Johann ab, die Einsiedlerklause finden wir auch so.

Da ist plötzlich linkerhand ein Reh; mit weiten, geschickten Sprüngen jagt es davon, beschreibt einen Halbkreis, hangaufwärts zwischen Tannen, hinab in die Senke, nun rechts von uns, wo es verstört stehenbleibt, endlich waldauswärts verschwindet.

Nach anstrengendem Stapfen durch Wald, der sich über Mulden und Buckel zieht, öffnet sich vor uns eine Lichtung; ein weiterer Schritt, und die Kulissen ziehen sich zusammen, rundum schließt sich der Wald um die Rodung.

Auf der hangaufwärts führenden Schneise stoßen stellenweise Ackerschollen durch die matschige Schneedecke, hinten steht die Klause, schutzsuchend nahe der steilen Wand errichtet. Ein nicht eben großer, an der Frontseite offener Holzverschlag: hier soll Katzenwoferl, der Einsiedler, gelebt haben.

Mit zehn Katzen, übrigens.

Dies lese ich auf einer mit Schnitzbuchstaben bedeckten Tafel; auch die Stützpfeiler tragen geschnitzte Namen, Jahreszahlen, Kreuze und Sterne, selbst eindeutige Strichzeichnungen fehlen nicht, vulgäre Sprüche.

- Der, sage ich zu Johann, hat recht gehabt. Obschon, muß ich abschwächen, einsam war es hier oben bestimmt.

- Einsam, entgegnet Johann, dreht sich abrupt um und geht schräg über die Lichtung, einsam ist es unten im Tal genauso. Gegen das Alleinsein nützen andere Menschen wenig.

Durch lockere Baumbestände steigen wir ab in die Kohlstatt. Von einigen Stellen blickt man in ein enges Tal, sieht die gewundene Forststraße, dahinter liegen blau Bergrücken.

Um den Stamm einer Buche verstreut rötlichgelbes Herbstlaub im zu früh gefallenen Schnee: ein eigenartiges Bild; von Wolken verschmiert weht der Himmel überm Land.

Wieder verzichtet Johann auf den Wanderweg; in der Fallinie steigen wir ab, und jeder Schritt reißt ein tiefes Loch in die weiße Schneedecke...

Die Fahrräder stellen wir unter das weitausladende Vordach der Scheune.

Onkel Johann hat mich zu einer Brettljause eingeladen, in ein Gasthaus auf der anderen Flußseite, in dem angeblich alles so sei wie früher.

Nun wünsche er sich bei Gott nicht die alten Zeiten zurück, hatte er gesagt und dabei leichtfüßig zu einem Sprint angesetzt, aber in der Gaststube scheine wirklich die Zeit stehengeblieben zu sein.

Neben dem Stalltor hängt ein zweifarbiges Plakat in Weltformat: »*Die Opposition will unser Land seit Jahren krankjammern.* HEUTE GEHÖRT ÖSTERREICH ZU DEN ERFOLGREICHSTEN LÄNDERN DER WELT!« Darunter, fett und rot unterstrichen: »In Zeiten wie diesen: SPÖ.«

Durch ein annähernd blindes Fenster erkenne ich mit Mühe einige Kuhleiber sich aneinanderreiben; als ich nähertrete, sehe ich, daß das Klappfenster schräg offensteht: Dumpfe Wärme schlägt mir entgegen. Das Gasthaus ist an den Stall angebaut, zunächst gelangt man in einen düsteren Gang, auf beiden Seiten liegt je eine Gaststube.

Johann öffnet die Tür auf der linken Seite; die Schankstube ist ein großer, weißgetünchter Raum mit unglaublich dicken Mauern, tief eingelassenen Fenstern, die Rohverputzdecke trifft sich über der Raummitte in einem spitz zulaufenden Gewölbe, lange Holztische unterteilen die Stube.

Langsam dämmert es, und im sanften Abendlicht glänzt matt das Holz; Tische und Stühle gewinnen an Bedeutung, stechen heraus, auch das an der Wand befestigte Geweih glänzt, still stehen Häuser im leichten Dunst über den Feldern, Behausungen, die man gerne tagsüber verläßt, Schlafhäuser; schweigsam sitzen wir in der Gaststube, in der man eigentlich das Licht andrehen sollte.

Nach geraumer Zeit schlurft eine Alte an unsern Tisch; plötzlich löste sich ihre Gestalt aus dem dunklen Hintergrund.

Hatte sie die ganze Zeit dagestanden? Oder geht es dort in die Küche, wer weiß?

Johann bestellt die Jause, Bier; ich brauche bloß zu nicken.

Auf dem gestärkten Tischtuch steht eine grüne, schlanke Flasche, von der man die Etikette gelöst hat, darin Strohblumen stecken.

Über den schräg abfallenden Fenstervorsprung beinelt ein praller Käfer; zerquetschte ich ihn, würde es knacken, ziemlich laut sogar, in der Stille.

- Prost, sagen wir gleichzeitig und trinken; wir schenken nach, und das Bier zischt schäumend ins hohe Glas.

- Ich habe Klara und Karl besucht.

- Ich war lange nicht mehr bei ihnen draußen. Weißt du, jahrelang habe ich mir eingeredet, wenn ich einmal pensioniert bin, geht es erst richtig los. Dann hast du Zeit. Für dich und die Freunde. Aber mit einem Haus kommst du nie zur Ruhe, immer gibt es etwas zu erledigen...

- Karl hat es ziemlich ruhig, er hat seine Vögel, seine Freunde im selben Haus, sage ich vorsichtig, da bringt die alte Frau das Essen. Im Suppenteller, durch dessen bauchige Fläche ein haardünner Riß sich verästelt, haben kaum Siedfleisch, Käse und Essiggurken Platz.

- Ja, ja, der Karl, der hat sich eingerichtet, immer schon, lacht Johann. Der ist nicht so dumm wie wir andern, die wir alles mitmachten und mitmachen. Wenn ich an den Krieg denke! Wir kamen gar nicht auf die Idee, uns zu wehren. Und untauglich erklären lassen wollte sich auch keiner. Untauglich! Das war ein Schimpfwort.

Der Käfer hat den Fensterrahmen erreicht, fällt aber beim Versuch, die Holzleiste zu erklettern, auf den gepanzerten, stumpffarbenen Rücken, rutscht vom Sims ab und verschwindet unter unserem Tisch.

Johann scharrt mit seinen Schuhen über den Steinfußboden, tappt hart hin und her.

- Jetzt bauen wir schon wieder am Haus um. Das findet kein Ende.

Mit röhrendem Motor schießt ein aufgemotzter Volkswagen auf den Vorplatz, bremst scharf ab, und schon springen die Türen auf, überlaut schwappt Discosound aus dem Wageninnern.

- Zahlen, ruft Johann, und in dem Moment geht das Licht an, daß ich zusammenzucke.

- Dabei gehört das Haus gar nicht mehr uns.

Das sagt er unter der Tür, die Klinke schon in der Hand. Im Korridor ist es dunkel, auf dem Hof hören wir das Summen der Melkmaschine...

Morgen reise ich ab.

Ich habe alle Bus- und Zugverbindungen im Fahrplan nachgeschlagen; derlei Tätigkeit lenkt ab, und das ist manchmal notwendig.

Die schweren Vorhänge habe ich zugezogen. Auf dieses Zimmer zurückgeworfen sein, nicht, daß dir erneut die Landschaft in die Quere kommt. Auf dem Nachttisch liegt ein in Cellophan eingewickelter schrumpliger Apfel, den ich als Reiseproviant aus der Schweiz mitgenommen habe.

Ich werde ihn hierlassen. Mitten auf dem Tisch.

Auf der Straße hört man die Autos, aber es ist unmöglich, herauszufinden, in welcher Richtung sie unterwegs sind.

Nach dem Gasthausbesuch waren wir langsam aufs Jochenhaus zugefahren, nebeneinander, auch wenn einzelne Autofahrer wütend aufblendeten.

Im Jochenhaus brannte Licht, und wie immer, wenn ich nachts auf ein Haus mich zubewege, in dem ein Licht brennt, hatte ich das Gefühl, nach Hause zu kommen. Den Wunsch.

Gerade in solchen Augenblicken aber ist es möglich, in Frage zu stellen, ob du überhaupt je irgendwo zu Hause gewesen bist...

Im Treppenhaus zog ich die Schuhe aus. Leise stieg ich die Treppe hoch und öffnete meinem Onkel die Tür, eine Fliege prallte gegen die Scheibe zur Terrasse, immer wieder, ohne aufzugeben.

Oder hatte sie die Hoffnung, das Glas gebe nach.

Auf der Kredenz eine Fotografie meines Großvaters, daneben ein Bild meiner Schwester.

Ich lasse den Kopf auf die Tischplatte sinken; die Druckstelle an der Stirn ist kühl; und es ist, als werde mein Kopf endlich von etwas frei.

Die Nacht bricht an, und sie ist zu lang und zu kurz, zu dunkel, zu hell.

Und da ist nur noch ein Bild. Die Sonne steht genau hinter dem Rauchfang des Jochenhauses, die Wälder auf den Hügelzügen im Hintergrund verschwimmen, die Berge sind längst weggetaucht, grauer und grauer werden die Hügel, verschwinden am Horizont.

Ich stehe inmitten buschigen Gestrüpps am Waldrand, eine hochstehende Wiese grenzt an den Lattenzaun ums Haus, und da ist keine Straße dazwischen, und ich halte die Hand vor die Augen, denn es blendet.

So wirst du dieses Haus nie mehr sehen können...

Ich lösche das Licht, und die Bilder bleiben stehen für einen Augenblick, leuchten nach.

Gegenheimat. Fünfter Entwurf

Trittst du aus den Feldern auf die Straße, fällt dir sofort der Gebäudekomplex auf.

Da die Häuser auf einem kleinen Hügel stehen, scheinen sie die Ebene zu beherrschen.

Ohnehin unterscheiden sie sich in der Bauweise von den übrigen Häusern und Höfen dieser Gegend, die allesamt niedrig und gedrungen sind. Dagegen wirken die Gebäude auf dem Hügel herrschaftlich und ein wenig protzig. Erst aus der Nähe erkennst du, daß vier der fünf Häuser sich schützend um das große, hohe Hauptgebäude gliedern.

Sein gewaltiges Walmdach ist schon aus der Ebene zu erkennen. Die Fronten des viergeschossigen Hauses sind gleichmäßig durch feingesproßte Rechteckfenster geteilt.

In den Innenhof gelangst du durch ein in der Nordseite der Natursteinmauer ausgespartes Tor; in den weißgetünchten, beinahe fensterlosen Nebengebäuden erkennst du unschwer die ehemaligen Gesindeunterkünfte.

Durch eine zweiflüglige Tür betrittst du das Hauptgebäude und stehst in einem mit quadratischen Steinplatten ausgelegten Raum.

Weiche Teppiche bedecken die Treppen, nur auf Zwischenböden tritt der kalte, rötliche Stein zutage, auf dem jeder Schritt deutlich zu hören ist. Aber du bemühst dich nicht, leise aufzutreten; im Gegenteil stampfst du unbekümmert durch die dunklen Korridore.

In den unteren zwei Stockwerken sind die pastellblauen Türen numeriert, von eins bis zweiundvierzig.

Seltsamerweise läßt sich im ganzen Haus keine Türe öffnen. Du hast es versucht, systematisch sogar, eine nach der anderen, auf allen Etagen, ohne Erfolg.

Obgleich du Stimmen hörst in einzelnen Zimmern, begegnest du keinem Bewohner, selbst auf dein lautes Rufen zeigt sich niemand. Es ist, als wolle man dich übersehen, zur Gänze ignorieren.

Heimat ist ein schönes Wort.

Laut sagst du es vor dich hin, die endlosen Gänge schlucken es nicht, sie werfen es zurück, vervielfachen es. Schließt du die Augen, siehst du ein weißes, lichtüberflutetes Zimmer, spürst weichen, blätter- und nadelbedeckten Waldboden, hast Gerüche in der Nase.

Heimat und Heimatweh gehören zusammen. Hand in Hand nehmen sie die Stufen, schwenken ab in den richtigen Gang: Da stehst du, mit krampfhaft zugedrückten Augen und eingezogenem Kopf.

Heimat und Heimweh wischen an dir vorbei, du kannst das spüren.

Mühelos öffnen sie eine der Türen; hell fällt Licht in den Gang.

Das offene Zimmer ist eine Verheißung, ein Versprechen. Noch einmal wäre alles möglich.

Ließe sich ein Platz finden.

Ist Heimat ein schönes Wort.

Doch, auch in Worten, in der Sprache kann man ein Zuhause finden.

Aus dem Zimmer winkt man dir, da brauchst du nicht die Augen zu öffnen.

Du willst gar nicht hinüber.

Epilog

Eine Geschichte erzählen, heißt gleichzeitig, eine andere verschweigen.

Was sich gestern abspielte, sind die Geschichten von heute.

Gleichzeitig entstanden, an den verschiedensten Orten, andere Geschichten; privat ist an ihnen alles und nichts. Denn diese Episoden sind es doch, die Geschichte ausmachen.

Niemals sind die Bilder, die man vorfindet, jene, nach denen man gesucht hat.

Es wird schwierig sein, nicht die eigene Person ins Spiel zu bringen: wieder und wieder kommt da einer ins Bild, der dir ähnlich sieht, ein Doppelgänger, der sich umtut in den erinnerten Bildern und Kulissen.

Automatisch wird man Erinnerung und Vorstellung näher zusammenrücken, damit wieder Platz ist im Kopf, für neue Bilder, denen man nachfahren wird...

»Erinnern, wie man es
aufschreiben kann,
heißt immer auch vergessen,
wie es war.«

(Walter Vogt)

Verzeichnis der suhrkamp taschenbücher

Eine Auswahl

2/1/6.84

2/2/6.84

2/3/6.84

2/4/6.84

2/5/6.84

2/6/6.84